KB209601

주화미 대본집

2

히어로는
아닙니다만

일러두기

- 이 책은 주화미 작가의 드라마 집필 형식을 존중하여 최대한 원본에 따라 편집하였습니다.
- 드라마 대사는 입말임을 감안하여, 한글맞춤법과 다른 부분이라 해도 표현을 살렸습니다.
- 띄어쓰기와 말줄임표는 다양하게 표현되어 있습니다. 이는 대사 시 호흡을 통해 감정을 표현하고자 한 작가의 의도를 반영한 것입니다.
- 쉼표, 느낌표, 마침표 등과 같은 구두점과 문장 부호도 작가의 의도를 따랐습니다.
- 이 책은 작가의 최종 대본으로, 따라서 방송되지 않은 부분이 포함되어 있거나 방영된 내용과 다를 수 있습니다.

용어 정리

S# – 장면(Scene). 동일한 시간, 장소 내에서 일어나는 행동과 대사가 한 씬을 구성한다.

D – 낮(Day). 장면이 이루어지는 시간대.

N – 밤(Night). 장면이 이루어지는 시간대.

D/N – 낮(Day)/밤(Night). 장면이 이루어지는 낮과 밤을 아우른다.

E – 효과음(Effect). 등장인물이 보이지 않고 화면 밖에서 발생하는 음향이나 대사를 의미한다.

Insert – 특정 장면 삽입. 인물의 표정이나 동작, 이야기 흐름 상 필요한 장면을 강조하거나 의도적으로 보여줄 때 사용된다.

Flashback – 회상 장면. 현재 사건의 인과나 인물의 성격을 설명하기 위해 사용된다.

Flashback Insert – 회상이나 과거 장면의 삽입을 의미한다.

Na – 내레이션(Narration). 등장인물 사이에 오가는 대사가 아닌 독백이나 시청자를 향한 설명을 의미한다.

Cut-back – 둘 이상의 다른 장면을 대조시켜 보여주는 화면 기교. 같은 시간이나 장소에서 일어나는 두 사건 혹은 시점을 대조하거나, 전화 통화하는 두 사람을 번갈아 보여줄 때 사용된다.

주화미 대본집

히어로는
아닙니다만

2

𝒜

주화미 대본집

히어로는 아닙니다만 2

1판 1쇄 펴냄   2024년 12월 20일

지은이   주화미

크리에이터   글라인&강은경

펴낸이   하진석

펴낸 곳   아르누보

주소   서울시 마포구 독막로3길 51

전화   02-518-3919

ISBN   979-11-91212-51-8 04810 (세트)

979-11-91212-53-2 04810

차 례

인물 관계도

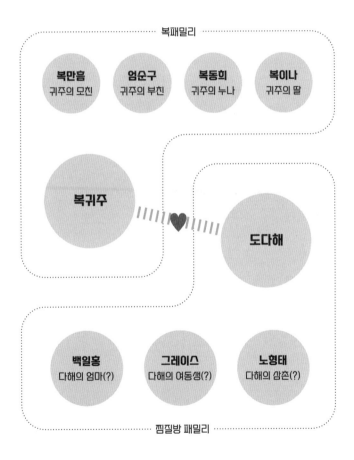

복패밀리

복만흠
귀주의 모친

엄순구
귀주의 부친

복동희
귀주의 누나

복이나
귀주의 딸

복귀주

도다해

백일홍
다해의 엄마(?)

그레이스
다해의 여동생(?)

노형태
다해의 삼촌(?)

찜질방 패밀리

7부

히어로는
아닙니다만

S#1—복씨 저택 정원 N

휑뎅그렁 비어있는 웨딩파티. 시든 꽃잎이 툭 떨어진다.

S#2—복씨 저택 귀주 방 N

어둑한 방, 귀주가 흐트러진 수트 차림으로 우두커니 앉았다.
손에는 어쩌다 다쳤는지 빨갛게 까진 상처가 났다. 스륵 눈을 감으면,

S#3—복씨 저택 정원 (타임슬립/6부 58씬 연결) D

환한 빛이 쏟아지던 정원, 웨딩드레스를 입은 다해에게서 눈을 못 떼
던 과거의 귀주가 보인다. 아무것도 모르고 바보같이 진심이었고 결
연했던 흑백의 자신을 바라보는 귀주(타임슬립)
(타임슬립한 귀주, 다해 뒤쪽에 서 있어 다해에겐 보이지 않는다.)

귀주　　멍청한 놈. (못 봐주겠다는 듯, 눈을 질끈 감아버린다)

S#4—복씨 저택 귀주 방 (현재) N

다시 어둑한 방으로 돌아온 귀주. 허탈하다.

S#5—복씨 저택 정원 N

엄순구, 커다란 쓰레기봉투를 들고 나와 망가진 웨딩파티의 잔해를
치우기 시작하고

복동희   (도와주지는 않고 입만 나불) 이게 무슨 헛고생이래? 엎어질
         결혼식을 굳이 치러야 했나?

복만흠   (집 쪽에서 나오는) 꿈에서 본 일을 피할 수는 없어. 알잖아.

복동희   아니, 엄마는 귀띔이라도 좀 해주지. 그랬으면 생화 말고
         조화로 했지 쌩돈 날렸잖아. 도다해가 입고 튄 드레스는?
         비싸게 빌렸지? 그것도 물어줘야겠네?

복만흠   사기꾼들 떨궈냈으면 됐어. 귀주도 정신이 번쩍 들었을 거고.

엄순구   … (묵묵히 치우기만 하는데, 치우는 손이 더디고)

복만흠   여태 안 치우고 뭐 했어요? 치워요 얼른!

엄순구   (치우던 손 멈추고) 이렇게 치워버리는 게 맞아요?

복만흠   ?

엄순구   의도가 불순했을지언정, 당신을 꿈꾸게 하고 귀주를 과거
         로 보냈어요.

복만흠   사기당한 시간으로 돌아가는 게 무슨 의미가 있어요? 온
         통 사기꾼만 보이는 꿈은 꿔서 뭐하구요?

엄순구   손에 낀 복씨 집안 반지는요? 그 꿈은 어떻게 설명할 건데요?

복동희   그건 내가 설명할 수 있어요. 도다해 가방에서 이게 나왔
         거든. (다해 가방에서 찾은 주머니 내미는)

만흠/순구 ? (보면)

복만흠 주머니 열면, 반지가 나온다.
꿈에서 다해가 끼고 있던 복씨 집안 반지다…!

복동희	훔쳤더라고.
만흠/순구	…!
복동희	내 말이 맞았죠? 꿈이 경고해 준 거라고. 그 여자를 조심해라!
복만흠	(역시, 이렇게 정리하길 잘한 거다. 반지 집어넣고)
엄순구	(여전히 뭔가 석연찮은) 그치만… 귀주는, 단순히 과거로 돌아가기만 하는 게 아니라…
복만흠	(단호히 잘라버리는) 그만! 치워버려요 어서! (돌아서서 집으로)
복동희	(따라 들어가고)
엄순구	…

S#6—복씨 저택 거실 N

복만흠, 복동희, 안으로 들어오면서

복동희	하마터면 쑥대밭 될 뻔했네. 다행이다. 이렇게라도 마무리 돼서.
복만흠	(마무리? 걸음 멈추고) 내가 기대했던 건 확실한 마무리였어. (홱 쏘아보는) 꿈에서 니가 나는 건 못 봤거든.
복동희	(찔리는 표정으로 계단 쪽 힐끗)
복만흠	그렇게 날랄 땐 못 날더니 날아도 하필 그때 거기서 날아!
복동희	그럼 그냥 떨어져서 어디 부러지기라도 할 걸 그랬나?
복만흠	하필이면 그런 밑바닥 인간들한테 비밀을 들켜버렸으니…

S#7—복씨 저택 귀주 방 N

아직은 도무지 이 상황을 받아들일 수 없는 귀주,
눈을 감고 다시 '파경의 시간'으로 돌아가 보면

S#8—복씨 저택 거실 (타임슬립/6부 62씬 연결) D

공중에서 스르르 가라앉는 발.
바닥에 닿으면 다다다 뛰어나가고 (동희)

S#9—복씨 저택 정원 (타임슬립/6부 63씬 연결) D

흑백의 복동희가 집 쪽에서 뛰쳐나온다.
흑백의 그레이스도 허겁지겁 그 뒤를 쫓아 나온다.
타임슬립한 귀주가 두 여자를 보는데,
두 여자는 귀주를 보지 못한 채 바로 옆에서

복동희　　엄마!! 그 여자 사기꾼이야!!!
그레이스　엄마!! 이 여자 날아!!!

그런데, 어째 분위기가 이상하다.
신부 다해(컬러)는 웨딩드레스를 펄럭이며 달아나는 중이고,
신랑 귀주(흑백) 충격 받은 얼굴로 정신없이 뒤쫓아 나가고 있다.
머리를 세게 얻어맞은 듯 굳어있는 엄순구, 백일홍, 이나…
결혼식은 이미 산산이 박살 난 분위기.

그레이스	도다리… 혼자 튄 거야…??? (우왕좌왕 눈치 살피더니 잽싸게 튀려는데)
복동희	(그레이스 뒷덜미 잡아채고) 어딜 내빼려고!!! 이거 도다해랑 한 패야!!!
그레이스	(꺅!!!) 엄마 살려줘!! 복덩어리 날아!! 진짜야!! 나는 거 내가 두 눈으로 똑똑히 봤어!!!!!
백일홍	(날아…???)
복만흠	(동희에게 차분히) 보내줘라.
백일홍	?? (뜻밖에 담담한 반응에 복만흠 보면)
복동희	그냥 놔주게? 경찰 불러야지! (신고하려는데)
복만흠	('가만있어! 일 크게 벌이면 우리도 위험해진다!' 눈빛으로 동희 말리고, 백일홍에게 차분히) 더 소란 피우지 말고 나가주시죠. 조용히 사라져 주면, 지금까지 감히 우리 복씨 집안을 농락한 것도 한 번은 넘어가 줄 테니. (모든 걸 미리 알기라도 했던 것처럼 감정의 동요 없고)
백일홍	(그런 복만흠을 빤히 보다가) 식장 잡자니까 굳이 집을 고집하고, 손님 초대도 못하게 하더니…
복만흠	…
백일홍	알고 있었나? 결혼식이 엎어질 거라고…?
복만흠	(가만히 시선 주다가 돌아서는데)
백일홍	그러니까, 이 집에 정말로 숨겨져 있었다는 건가?
복만흠	(돌아보면)
백일홍	황금알을 낳는 두꺼비가…?
복만흠	(조용히 보다가) …거위겠죠.

서늘하게 마주 바라보는 두 여자.
그 광경을 바라보던 귀주(타임슬립) 열려있는 대문으로 걸어가고

S#10—복씨 저택 밖 (타임슬립) D

타임슬립한 귀주가 대문을 나와서 보면,
귀주(과거)가 다해 손목을 붙잡아 세워두고 얘기 중이다.

귀주 이게 무슨 짓이에요!

다해 다 말했는데…

귀주 어디부터 어디까지가 거짓말이었다는 건지! 혼인신고서도
꾸며낸 거였나?

다해 (끄덕)

귀주 그럼… 13년 전… 화재는…?

다해 …

귀주 그것까지 거짓말이었던 건 아니지?

아직 희망을 버리지 못한 채 필사적이었던 과거의 귀주.
타임슬립한 귀주, 그런 과거의 자신을 씁쓸하게 바라본다.
(다해 뒤에서)

귀주 유일하게! 과거에서 내가 유일하게 닿을 수 있는 사람이 도
다해였어. 너와 보낸 시간으로만 돌아가지고, 너한테만 보
이고, 만져지고! 그건 진짜였어!

다해 …

귀주 도다해 과거가 내 미래다, 도다해한테 일어난 일이 나한테
일어난다, 13년 전 그날 그 시간, 내가 도다해를 구했다, 구할
거다, 그게 내 운명이다! 그것까지 다 사기일 수는 없잖아!

다해 …

귀주 대답해요. 말 좀 해보라구! (다해 손목을 움켜쥔 손에 힘이

14

들어가고)

다해   (손목이 으스러질 듯 아플 텐데, 표정 변화 없이) 내 장사 밑천

        이었어요.

귀주   뭐?

다해   화재에서 살아남은 가엾은 여고생 생존자.

귀주   ……!

다해   사람 마음 녹이는데 그만한 필살기가 없더라고.

귀주   내가 처음이 아니라는?

다해   말했잖아요. 세 번째라고.

귀주   그럼 이전에도… 다른 사람들한테도… 똑같이…?

다해   차이는 좀 있죠. 이전엔, 날 구해준 사람이랑 닮으셨네요…

        였으니까.

귀주   …! (충혈된 눈으로 노려보다가)

        모든 시간이 다 거짓이었다…?

그때, 다해 뒤에 서 있던 타임슬립한 귀주가 뚜벅뚜벅 다해 앞으로
걸어온다. 다해에게 동시에 두 명의 귀주가 보이는데…!

다해   ……!!!

귀주   (붙잡았던 다해 손목을 툭 놔버리고) 난 그런 줄도 모르고…

        그 거짓된 시간으로 몇 번이고 되돌아가고 또 돌아가고…?

지금도 다해와의 시간으로 되돌아와 있는 귀주.
흐트러진 수트, 꺼칠해진 얼굴, 여전히 납득할 수 없다는 듯, 추궁하
는 눈빛으로 다해를 응시한다.
다해, 타임슬립한 귀주에게 시선을 뺏기는데,
귀주(과거) 눈에는 타임슬립한 귀주가 보이지 않으니, 다해가 시선을

회피하는 걸로 느껴지고… 주먹으로 벽을 세게 퍽!!!
이때 생긴 상처가 타임슬립한 귀주 손에도 남아있고,
더 못 보겠다는 듯 눈을 감아버린다.

S#11—복씨 저택 귀주 방 (현재) N

분노에 차서 눈을 뜨는 귀주.
서랍에 넣어뒀던 미래에서 온(?) 혼인신고서 꺼내 반으로 쭉 찢어버
린다.
13년 전 그 시간에서 누군가를 구해낼 거라는 희망이 무너졌다.
슬픔으로 가라앉는 데서…

S#12—찜질방 다해 방 안/밖 N

백일홍에게 떠밀려 방으로 들어오는 다해

백일홍   설명 좀 해줄래?
다해   …
백일홍   궁금해서 그래. 다 된 결혼식을 어째서 제 발로 걷어차 버
렸을까? 게다가 복여사님은 니가 결혼식을 망쳐버릴 걸 미
리 알고 있었던 것 같단 말이지. 뭐야? 정말 초능력이야?
다해   …
백일홍   아니면 너, 복씨네 붙었니?
다해   그만하자. 그만하고 싶어.
백일홍   불에 끄슬려 다 죽게 생긴 걸 살려놨더니.

다해	살려준 게 아까우면 지금이라도 죽이든가.
백일홍	(보면)
다해	엄마가 번거로우면 내 손으로 죽여주는 수도 있고.
	아, 그럼 엄마 손에 떨어질 게 아무것도 없나?
백일홍	(누구 맘대로! 방문 닫고 밖에서 자물쇠 채워버리는)
다해	(자물쇠 소리에) …!

방문 밖〉
백일홍, 다해를 가두고 돌아서면

노형태	진짜 초능력가족이라면?
백일홍	(보면)
노형태	초능력을 믿는 정신병자들이 아니라, 정말로 미래를 꿰뚫어 본다면?
백일홍	예지몽…?
노형태	다해가 망친 게 아냐. 초능력에 막힌 거지.
백일홍	(도무지 믿기지가 않는) 초능력이라니…
그레이스	(슬쩍 끼어들어 거드는) 나도 봤어. 그 덩어리가 공중에 둥실둥실 떠 있었다니까.
백일홍	(흠…) 내 눈으로 확인을 해봐야겠다.

방 안〉
구석에 웅크린 다해

S#13—복씨 저택 귀주 방 밖 N

반쯤 열려 있는 방문 밖에서, 이나가 슬쩍 들여다본다.
시간이 정지된 것처럼 미동도 없이 우두커니 서 있는 귀주.
돌아서는 이나, 마음이 무겁다. 사기꾼인 걸 알면서도 알리지 않았던 게
좀 미안하기도 하고, 좀 안 된 것 같기도 하고…
자기 방으로 가려다가 다시 돌아보는데,

이나　　어…?

귀주 사라지고 없다. 텅 빈 방에 혼자 서 있는 이나.

S#14—복스짐 D

벤치프레스 하는 귀주.
세트 끝내고 헉… 헉… 거친 숨을 고른다.

복동희　　술독에 빠져있을 줄 알았더니?

대꾸 없이 벤치에 그대로 누워 있는 귀주.
중요한 무언가가 몸에서 빠져나간 것 같은 얼굴.

복동희　　뭐에 빠지긴 빠졌네. 설마 사기꾼 생각에 빠져있는 건 아
　　　　　　니지?
귀주　　(바벨 잡고 다시 벤치프레스 시작하는)
복동희　　다시는 돌아가지 마. 뭐 더 이상 돌아가지지도 않겠지만…

그 순간, 쿠당탕!!! 떨어지는 바벨.
귀주 사라지고 없다.

복동희   …!!!

떨어진 곳에서 운동하던 몇몇 사람들 소리에 이쪽을 흘끗흘끗

복동희   (자기가 떨어뜨린 척) 너무 무거워서 그만… 죄송합니다…

다행히 귀주가 사라지는 걸 목격한 사람은 없는 것 같다.
휴, 가슴 쓸어내리는 동희. '복귀주 이 녀석 제정신이 아니네…?'

S#15—복씨 저택 귀주 방 D

막 씻고 나온 귀주, 대충 걸친 샤워가운, 머리에서 물 뚝뚝 떨어지는데,
스킨 뚜껑 열다 말고, 또 우두커니 멈춰 있다.

엄순구   (들어와서 보고 놀라서) 왜 이러고 있어? 젖은 채로 있으면
              감기 걸려.

엄순구, 수건 가져와서 젖은 머리를 닦아주려는데,
풀썩 수건이 바닥으로 떨어진다.
귀주 사라지고 없다.

엄순구   …!

S#16—복씨 저택 거실 D

근심 어린 얼굴로 모여 앉은 복만흠, 엄순구, 복동희

복동희   차라리 술독에 빠지지.

복만흠   바보같이 뭘 되새기고 있는 거야.

엄순구   쉽게 헤어나지 못할 수도 있어요. 어쩌면 그때 그 문처럼…

복만흠   (13년 전 그 문?) 그 얘기가 지금 왜 나와요? 그 문이 도다해랑 무슨 상관이라고?

엄순구   여보, 귀주한테 도다해는… (그 문처럼 특별한 존재였다 말하려는데)

복만흠   (칼같이 잘라버리는) 듣기 싫어요!
그 이름 입에 올리지도 마요!

엄순구   (그래도 입을 달싹이는데)

복만흠   (자르고) 찜질방 쪽 움직임은요?

엄순구   아직은 뭐.

복만흠   (순순히 물러날 것 같진 않은데) 세신사 양반이 어떻게 나올지… 잠을 좀 청해봐야겠어요. (안방으로 가면서 동희에게) 몸 사려라.

복동희   (어깨 으쓱) 난 그것들 안 무서운데?

복만흠   (순구에게) 이나 단속 잘하고요.

S#17—중학교 교실 D

아무도 없는 빈 교실, 귀에 이어폰을 꽂은 채 책상에 엎드린 이나.

Flashback Insert⟩ 3부 16씬, 복씨 저택 귀주 방

어린 이나(3살) 방문 열고 빼꼼 아빠를 찾는다. 귀주 책상이 텅 비어 있다. 방금까지 자리에 있었던 듯, 마시던 커피에서 아직 김이 오르고 아빠를 찾던 어린 이나, "아빠 또 어디 갔어?"

Flashback Insert⟩ 13씬

오래 전 그때처럼, 먼지처럼 스륵 사라져버렸던 아빠…

현재⟩

오래 묻혀있던 상처가 떠오르는 이나.

심란해 두 팔에 얼굴을 파묻고 엎드리는데,

톡톡톡 책상을 두드리는 손.

준우	(음악 소리에 묻혀서) … 갈래?
이나	(이어폰 빼고) 어?
준우	마라탕 먹으러 가자고.
이나	싫어.
준우	매운 거 좋아하잖아.
이나	싫어. 너랑은… (책상에 다시 엎드리려는데)
준우	그럼 고혜림이랑은?
이나	(멈칫, 보면)
준우	혜림이가 너 데려오래. 너 하루 종일 기운 없다고 걱정하던데?
이나	혜림이가…?

교실로 들어오는 혜림, 댄스부 아이들 서넛 뒤따라 들어오고

혜림	(아무 일도 없었던 것처럼) 복이나 뭐해? 가자!
이나	(내가 싫어진 거 아니었어?)
댄스부1	빨리빨리 좀 안 올래? 배고파!
이나	나도 같이…? 그래도 돼…? (혜림을 보면)
혜림	(밝게 웃으며) 뭐야 왜 나한테 허락을 구해?
	(걱정스러운 얼굴로 상냥하게) 이상하네? 무슨 일 있어? 어디
	아파? (안경 벗기고 이마 짚어보며) 열 있나…?
이나	(혜림과 가까이 눈을 맞추면)
혜림E	(천사 같은 얼굴을 한 채, 얼음처럼 차가운 속마음) 따라오지 마!
이나	……!!!

이나, 얼음물을 뒤집어쓴 것처럼 온몸에 소름이 쫙- 돋는데
혜림, 속마음과 전혀 다른 친절한 얼굴로 생글생글

혜림	같이 갈 거지?
이나	(충격에 일그러지는 얼굴) 싫어…! (가방 챙겨 가버리려는)
혜림	(예상 밖의 반응에 무안한) 어?
댄스부들	(기껏 챙겨줬더니 왜 저래?)
준우	이나 안경 줘.
혜림	(안경 때문이야?) 맞다. 안경 만지는 거 싫어하지? 미안.

이나 안경 없는 시야가 뿌옇게 흐린데
혜림이 안경을 씌워주려고 얼굴을 가까이 혹 들이대고,

혜림E	꺼져버려…!!!

순간 소스라쳐 혜림을 팍!!! 밀쳐버리는 이나.

22

날아가는 안경.

댄스부1	야! 너 뭐야!
댄스부2	혜림아, 괜찮아?
준우	…?!
이나	(그대로 뛰쳐나가고)
혜림	(이나의 급발진에 순간적으로 얼굴에 진심이 드러나고)
댄스부1	와 뭐 저런 게 다 있냐? 완전 싸이코 또라이!
댄스부2	조용한 투명인간인 줄 알았더니, 존재감 쩌는 빌런이었어.
혜림	(애써 쿨하게 표정관리) 됐어 그만해. 컨디션 안 좋으면 그럴 수 있지.
댄스부들	("역시 고혜림 대인배!", "복이나 챙겨주니까 고마운 줄도 모르고!")
준우	(떨어진 안경 주워들고) …

S#18—중학교 밖 D

안경 없이 학교를 벗어나 거리로 나서는 이나.
온통 뿌옇게 흐린 세상을 헤매는데…

Flashback Insert〉 1부 57씬, 3부 18씬 연결
달리는 자동차 안 (7년 전),
세연이 마지막이라는 심정으로 붙잡는데도 귀주가 사라져버리고 만 뒤,

세연	이나야, 우리 예쁜 집으로 이사 갈까?
6세 이나	아빠는?

세연   아빠는 같이 못 가.

자동차 룸미러에 비쳤던 엄마(세연)의 눈.
거울을 통해 그 눈이 말하던 무언가…
6살이었던 이나가 처음으로 다른 사람의 속마음을 읽은 순간이었
는데…!
(E) 끼이이이이이익---!!!

현재〉 비상등을 깜빡이는 택시.
얼어붙은 이나 바로 앞에 급정거해 서 있다. 하마터면 치일 뻔했다!

기사   학생! 괜찮아?

가까이 들여다보는 택시 기사의 눈

기사E   오늘 일진 사납더니 재수 없게!

이나 뒷걸음질 쳐 보도블럭에 주저앉으면 몰려드는 행인들 눈, 눈, 눈…!

행인들E   얘 뭐야? / 촉법소년 믿고 장난치는 애들이 있다더니? /
제정신이야?

겁에 질려 손으로 두 눈을 가려버리는 이나.

S#19—복씨 저택 이나 방 D

비어있는 이나 방을 들여다보는 엄순구. 이나의 귀가가 늦어지고 있다.
핸드폰 한쪽 귀에 대고 계속 이나에게 전화 거는데,
통화 연결음만 들리고 받지 않는다.

엄순구　(학원에 전화 거는) 예, 학원이죠? 1학년 복이나 학생 수업
　　　　　끝났나요? (사이) 예…?!

S#20—복씨 저택 안방 D

엄순구　(문 벌컥) 여보!
복만흠　(날카롭게) 쉿!!!

침대에 누워 잠들려고 애쓰는 중인 복만흠.
향에서 피어오르는 연기, 명상음악 흐르고, 방해 말라고 손짓 휘이
휘이!

S#21—복씨 저택 귀주 방 D

엄순구　(들어오며) 귀주야! 이나가 없어졌다! 학원에도 안 왔다는
　　　　　데… (멈칫)

텅 빈 방. 방금까지 마시던 커피에서 김이 오른다.

엄순구   (또 가버렸구나!) 어느 시간을 헤매고 다니는 거냐 대체…!!

S#22—귀주 타임슬립 몽타주

1부 4씬 해변〉
흑백의 바다에 서 있는 귀주.
멀리 바다에서 귀주를 건져내는 다해가 보인다. 귀주를 살리려고 가슴
압박하고 인공호흡 하는데 꾸며낸 모습이라기엔 너무도 필사적이다.
그 모습을 물끄러미 바라보는 귀주.

귀주E   이상해.

2부 66씬 거리〉
흑백의 거리에 서 있는 귀주.
길 건너편, 잔뜩 술에 취한 과거의 귀주가 휘청휘청 뛰어가다 넘어진다.
넘어진 귀주를 붙잡아 일으켜 세워주는 다해. 위태롭게 뛰는 귀주 옆
에서 같이 뛰며 방향을 잡아준다.
그 모습을 물끄러미 바라보는 귀주.

귀주E   안 행복했는데.

2부 71씬, 73씬 노포 술집〉
흑백의 노포 술집, 귀주 다친 손에 휴지를 묶어주던 다해도 보인다.
밖에서 유리창 너머 바라보는 귀주.

귀주E   다 가짜였는데.

3부 62씬 다이닝룸〉

흑백의 식탁, 가족처럼 함께 밥을 먹던 다해, 귀주, 이나도 보인다.
다해 등 뒤에 서서 바라보는 귀주.
다해가 부족한 반찬을 가지러 일어나 귀주 쪽을 돌아보면,
귀주 순간적으로 몸을 피해 숨는다.

귀주E   왜 나는… 자꾸 되돌아오는 거지…?

S#23—복씨 저택 귀주 방 D

엄순구   (이리저리 서성이며) 얘가 어디 갔을까…

귀주   (등 뒤에서) 나 찾으세요?

엄순구   (홱) 돌아왔구나! (덥석 붙잡고) 다 박살 난 시간을 뭣 때문
            에 돌아봐! 설마 13년 전 그 문처럼, 도다해가 널 붙들고
            놔주지 않는 거냐?

귀주   아뇨, 그건 아닌데… 나도 모르겠어요. 눈 감으면 자꾸 떠
            올라서…

엄순구   (버럭) 정신 차려 이 녀석아!!!
            니가 과거를 헤매고 다니는 사이에, 이나가 없어졌다!

귀주   ?! 네…?

S#24—찜질방 D

안경 없이 초점을 맞추느라 눈 가늘게 뜨고 두리번거리는 이나.
흐릿한 시야에 누군가 다가오는 게 느껴진다.

점점 가까워지며 실루엣이 선명해지면… 백일홍이다!

이나   (흠칫!)

백일홍   이게 누구야? (호박이 넝쿨째 굴러들어 왔네?)

S#25—찜질방 황토방 D

이나 앞에 계란과 식혜를 내려놓고 나가는 노형태.
이나, 눈 가늘게 뜨고 힐끔, 이 아저씨도 한 패인가?

백일홍   (맥반석 계란 내미는) 자.

이나   (눈 피하고)

백일홍   까줘? (계란 까면서) 니가 그랬다며? 가족들이 현대인의 질
               병에 걸려서 초능력을 잃었다고. 그런데 어떻게 능력이 되
               살아났을까?

이나   (눈 피하고)

백일홍   할머니는 미래, 아빠는 과거, 고모는 하늘을 난다며?
               우리 아가씨는? (깐 계란 내밀면)

이나   (겁먹은 것처럼 계속 눈을 피하고)

백일홍   초능력 중에 뭘 담당하고 있나? 응? (계란 내밀며 바짝 다가
               오면)

이나   (눈 착 내리깔고) 아줌마가 경고 안 해줬어요? 함부로 내 눈
               보지 말라고.

백일홍   …?! (이나의 당돌한 도발에 순간 약간 움찔했다가)
               뭐, 눈 보면 돌로 변하는 거야? 뿅! 하고 사라지기라도 해?
               (웃기고 있네) 해봐 어디.

이나	(백일홍이 들고 있는 계란을 흘깃 노려보고)
백일홍	(설마 진짜야? 슬쩍 긴장하는데)
이나	(계란을 한입에 쏙 집어넣는다.)
백일홍	(응…?)
이나	(계란으로 볼록해진 볼) **뿅.**
백일홍	(헐…)

S#26—찜질방 다해 방 D

덜그럭 자물쇠 푸는 소리, 문이 열리면,
구석에 웅크리고 있던 다해가 핏기 없이 파리해진 얼굴을 든다.

백일홍	나와.
다해	…?

S#27—찜질방 황토방 안/밖 D

황토방 안에서, 이나, 헐렁한 찜질복 차림으로 계란 까먹고 식혜 마시면서 뒹굴뒹굴 태평하게 폰 게임 뿅뿅거리고 있다. 안경이 없어서 폰 눈에 바짝 붙이고.

다해	(황토방 밖에서 그 모습 보고) …!
백일홍	세상에 초능력가족이 존재한다. 그 비밀을 아는 건 우리뿐이다. 게다가 저 작고 귀여운 것이 제 발로 걸어 들어와 주다니?

다해	쟨 아무 능력도 없어.
백일홍	(이나를 감싸는 마음을 알아채는) 현대인의 질병을 유발하는 가장 고질적인 원인이 뭔지 아니?
다해	?
백일홍	가족.
다해	(보면)
백일홍	그 지긋지긋한 데서 저 꼬맹이를 꺼내준 게 너고. 맞지?
다해	뭔 소린지…
백일홍	너한테 한 번 더 기회를 주겠다는 소리야.
다해	(보면)
백일홍	복씨네가 초능력으로 부를 축적한 게 사실이라면 애초에 계획했던 것보다 훨씬 더 크게 집어삼킬 수 있어. 저쪽은 섣불리 경찰에 기댈 수도 없지.
다해	…
백일홍	(서늘하게 노려보며) 실수를 만회할 기회야.
다해	…

S#28—찜질방 황토방 D

다해	(이나를 어이없게 내려다보며) 눈에 뵈는 게 없냐?
이나	(폰 뿅뿅) 고도근시라.
다해	왜 왔냐고! (가까이 다가가 낮게) 겁도 없이 여기가 어디라고!
이나	(다해 눈 보더니) ! 갇혀있었어요…?
다해	(눈 피하고) 안경은?
이나	잃어버렸어요.
다해	(학교에서 무슨 일 있었나? 싶어서 보면)

이나   왕따 아니고요.

다해   (또 읽혔다! 눈 피하고) 눈 깔아라.

이나   무섭게 말해봤자 하나도 안 무서운데.

다해   (허)

이나   안경 잃어버리고 생각나는 사람이 아줌마밖에 없었어요.
      눈 보는 게 안 무서운 사람은, 아줌마뿐이니까.

다해   …!

이나   (덤덤한 표정) …

다해   아빠는? 너 여깄는 거 알아?

이나   또 사라졌을 걸요?

다해   사라져?

이나   과거에만 있거든요 요즘.

다해   과거…? 언제…?

이나   언제겠어요?

다해   …!

이나   (눈 보면)

다해   (눈 피하고)

이나   기껏 모르는 척 해줬더니, 왜 자폭했어요?
      (고개 쭉 내밀고 다해와 눈을 맞추려 들며) 사랑해서 떠난다?
      뭐 그런 건가? 우웩!

다해   (펄쩍) 야! 그딴 오글거리는 생각한 적 없거든?

이나   (눈 빤히) 비슷하게 들은 것 같은데?

다해   (눈 피하고, 벌떡!) 안 되겠다! 안경부터 해결하자!

S#29—찜질방 D

이나 데리고 찜질방을 나서려는 다해

다해   (이나를 뒤에 숨기고) 안경 좀 맞춰주려고.

백일홍, 다해를 슥 밀어내고 이나를 가까이 들여다본다.
이나의 뿌연 시야, 가까워지며 또렷해지는 백일홍의 미소 띤 얼굴.

백일홍   아직 제대로 안 보여줬잖아. 눈으로 레이저 쏘는 거.
이나   (두렵지만 피하지 않고 똑바로 보는데)
다해   (슬쩍 이나 눈 가려주는) 얘가 지금 눈에 뵈는 게 없어서…
백일홍   (싱긋) 알았다. (선선히 물러나 보내주는) 가서 안경 해줘. 예쁜 걸로.

다해, 서둘러 이나를 데리고 빠져나가고,
그 모습을 지켜보는 백일홍에서.

S#30—안경원 D

새 안경을 끼고 거울을 들여다보는 이나. 맘에 든다.

안경원   78만 원입니다.
이나   너무 비싸죠?
다해   아니? 이쁜데? (카드 내미는 손끝이 덜덜 떨리고)

S#31—안경원 근처 공터 D

이나를 데리고 걸어오며 두리번거리는 다해

이나	누구 기다려요?
다해	(시계 보면서, 올 때가 됐는데)

빠르게 달려오는 귀주 자동차

이나	…! 아빠 불렀어요?
다해	응석 받아주는 거 여기까지다. 다시는 찾아오지 마.
이나	(다급히 다해 붙잡고) 아까 그 할머니가 아줌마 어느 편인지 시험하는 거랬어요! 마지막 기회랬는데, 이렇게 나 그냥 보내면 가만 안 둘 텐데…
다해	(백일홍 마음을 읽었구나!) 겁도 없이 누굴 함부로 들여다본 거야? 눈 보는 게 무섭다는 놈이…
이나	(다해를 위해 두려움도 참아냈던)

차에서 뛰어내리는 귀주

귀주	복이나! 너 괜찮아? (다친 데 없는지부터 살피고) 안경은 뭐야?
이나	아줌마가…
귀주	안경 사주면서 유인한 건가? 애한테 무슨 짓을 하려고!
다해	(참나, 돈 쓰고 욕이나 먹네)
이나	아무 짓도 안 했어요. 찜질방도 내가 찾아간 거고.
귀주	거긴 왜! 거기서 뭐 했는데!
이나	계란 먹고, 식혜 먹고…

귀주	(어이없는) 뭐? (정말 그게 다야? 다해 보면)
다해	포동포동 살 찌워서 잡아먹으려고요.
이나	아빠, 아줌마 그렇게까지 나쁜 사람은…
귀주	(자르고) 차에 가 있어!
이나	아니… (귀주에게 끌려가고)
귀주	(이나를 억지로 차에 태우고, 다해에게 돌아오면)
다해	곱게 돌려보내는 건 이번 한 번만이에요. 다음번엔 무슨 일이 생기든 나도 책임 못 져요. (돌아서는데)
귀주	마지막으로 묻고 싶은 게 있는데.
다해	(보면)
귀주	13년 전 화재 생존자였다는 건, 사실인가?
다해	…
귀주	(사실이군) 5층 창고에 갇혀있던 건?
다해	…
귀주	(그것도 사실이구나) 그날 나랑 근무를 바꿔준 선배가 현장에서 순직했어요. 5층 창고에 사람이 있다는 소리에, 천장이 무너져 내리는 건물로 뛰어 들어갔거든.
다해	……!
귀주	내가 도다해를 구한 게 아니라면, 어쩌면 선배였을지도 몰라요.
다해	…
귀주	선배한테도 가족이 있었어요. 아내도 있고, 겨우 서너 살 된 아들도.
다해	…
귀주	선배가 목숨 걸고 구해준 학생이, 겨우 이런 어른이 된 건가…?
다해	…

귀주   가치 있게 살아줘요. 부탁합니다.

다해   (무너질 것 같은 걸 참으며, 간신히 냉정한 얼굴을 유지하는)

귀주   우리 시간은 정말로 끝인 것 같네요, 도다해씨.

         지난 시간은 다 지울 거고, 다시 그 시간을 떠올리는 일은

         없을 거예요.

         다시는, 도다해와의 시간으로 돌아가지 않을 겁니다…!

돌아서서 차로 가는 귀주.

다해 눈에 그제야 조용히 눈물 차오른다.

이나   (차 안에서) 아줌마…

다해 눈물을 들키지 않으려고 돌아서는데,

눈앞에 또 다른 귀주(미래)가 서 있다…!

다시 돌아보면 자동차 운전석에 올라타는 귀주(현재)

다해   왜 또…? (얼른 눈물 닦아내고) 다시는 안 돌아온다면서…?

귀주(미래) (나도 어쩔 수가 없네, 하는 표정으로 어깨 으쓱) 또 와 버렸네.

다해   왜 나를… 이런 시간을 왜… (닦아내고 참아도 자꾸만 차오르
          는 눈물) 왜 자꾸 뒤돌아보는데요…? 왜요…

귀주(미래) 좀 도와줘야겠는데.

다해   뭘…?

귀주(미래) (다해 손목 붙잡더니) 나 붙잡아요.

귀주(현재), 시동 걸고 출발하려는데,

확 자동차 앞을 막아서는 다해.

마치 보이지 않는 힘에 확 이끌린 것처럼 보인다.

귀주(현재) (뭐지?)

이나　　방금 누가 잡아당긴 것 같은데…?

귀주(현재) (차 밖으로 고개 내밀고) 뭐 하는 겁니까? 비켜요.

다해　　알았어요, 잠깐만요… (비켜서려는데 또 보이지 않는 힘에 확!
　　　　끌려오고) 이거 놔요! (목소리 낮추고) 내가 왜 붙잡아야 되
　　　　는데요? 싫어요, 놔요!

다해 혼자 허공에 대고 뭐라고 중얼거리며 팔 휙휙 젓는 것처럼 보
인다.

이나　　(갸웃) 귀신?

귀주(현재) ?

귀주(현재), 차에서 내려 다해에게 가본다.

귀주(현재) 할 말이 남았나?

다해　　아뇨. 없어요. (누군가 잡아당긴 듯 귀주 앞으로 몸이 확 쏠리고)

귀주(현재) ! (부딪힐 뻔) 뭡니까?

다해　　가요 얼른. (허공 찌릿) 귀 아파요! 작게 좀…

귀주(현재) ??혹시… 나…?

다해　　(하는 수 없이 끄덕)

귀주(현재) (빈 허공만 보일 뿐) 그럴리가… (다시 돌아올 일 없을 텐데)

다해　　누님한테 가라는데… (무슨 얘길 들었는지 얼굴 싹 식는) !

귀주(현재) 누나는 왜?

다해　　누님이… 위험하다고…!

귀주(현재) …!!!

S#32—복스짐/안경원 근처 공터 D

동희 숨 헉헉 몰아쉬며 러닝머신 달리는 중

복동희 (머신 멈추고, 이어폰 전화 받는) 어 왜? 헉헉… 나 복스짐…
       헉… 운동 중. 일은 무슨 일? 뭔데? 생전 전화도 안 하던 놈이?
귀주   (찜질방 밖/폰 들고) 그냥 좀 걱정돼서.
복동희 (뜬금없이 뭐래? 간지러워서 괜히) 야 니 걱정이나 해.
       (전화 뚝 끊기고) 별일이네. 내 걱정을 다 해줘?
       이 새끼 진짜 상태 안 좋나…?

저 뒤쪽에서 슥 나타나는 그레이스

S#33—안경원 근처 공터 D

귀주   (전화 끊고) 멀쩡한데. (미심쩍은) 구체적으로 어떻게 위험하
       다는 건지…
다해   사라졌어요. 가보면 안다는데…
귀주   편리하네. 필요에 따라 나타났다 사라졌다.
다해   못 믿겠으면 맘대로 해요. 앞으로 무슨 일이 벌어지든 나
       는 모르겠고, 어쨌든 나는 귀주씨가 한 말 그대로 전했으
       니까. (돌아서고)
귀주   (또 속을 줄 알고?)

차 안에서 조용히 지켜보는 이나

S#34—복스짐 N

기진맥진 러닝머신 달리는 동희

그레이스 (뻔히 보이는 사탕발림하며) 와! 언니야 살 많이 빠졌다! 쉐입이!

복동희 너…?! (급히 머신 멈추고 내려오는데 쓰러질 듯 머리가 핑 돌고)
아아…

그레이스 뭐하러 열심히 뛰나? 뛰는 놈 위에 계신 분이? 난 녀이었어,
우리 복덩어리!

복동희 여기가 어디라고 와?

그레이스 (레깅스와 브라탑 들고) 짐 빼러. 비싼 거라.

복동희 나랑 지한씨한테 그딴 짓을 해놓고 뻔뻔하게!

그레이스 내가 언니 같은 난 녀이면 그깟 남자한테 목 안 맨다. 어디든
자유롭게 훨훨 날아갈 수 있는데 뭐하러?

복동희 (더 이상 상대해 줄 기운도 없는, 비틀비틀 가고)

그레이스 (졸졸 따라붙는) 나 어릴 때 하늘을 나는 게 꿈이었거든. 슈
퍼맨처럼 나 안고 딱 한 번만 날아주라. 마침 쫄쫄이도 입
었네.

복동희 꺼져라. 경찰 부르기 전에. (레깅스 추켜올리며 탈의실로 들어
가면)

표정 싹 변하는 그레이스, 프런트 서랍에서 민첩하게 열쇠 슬쩍하더니,
열쇠로 엘리베이터 전용운전반함 열고, 정지 스위치 누르면,
빨간 글씨로 뜨는 '점검중'
그러더니 '청소중' 팻말 들고 프레임아웃

S#35—복스짐 탈의실 N

씻고 나와 거울 앞인 동희. 화장품 찍어 바르다 말고 생각에 잠겼다.
화장품 파우치 닫고, 결심한 듯 폰 꺼내 들고

복동희   나야 지한씨.

조지한E   어어 동희야.

복동희   우리 만나. 할 얘기가 있어.

조지한E   글쎄? 무슨 얘길까?

복동희   들으면 지한씨도 놀랄 거야. 자기도 피해자였거든. 함정에
         빠진 거야. 자세한 건 만나서.

조지한E   뭐 그럼… 지금 병원으로 올래?

복동희   지금? 그래 지금! 어, 알았어! 바로 갈게!

전화 끊고 서둘러 돌아서다가 멈칫, 거울 본다.
영 마음에 차지 않는 나 자신.

복동희   아… 조금만 더 빼고 보자고 할 걸 그랬나?

다급히 화장품 파우치 열고, 턱선에 쉐딩 퍽퍽퍽!

S#36—복스짐 N

탈의실에서 허둥지둥 나오는 동희, 엘리베이터 버튼 누르는데,
눈에 들어오는 빨간 글씨 '점검중'
화장하느라 안 그래도 시간을 지체했는데!

S#37—복스짐 비상계단 N

동희 허둥지둥 비상계단 문을 열고 들어오면
내려가는 계단 앞에 '청소중' 팻말이 세워져 있다.
가운데가 뚫린 사각 계단(중공계단) 난간 너머로 내려다보면
저 아래 멀게 보이는 바닥. (실제로는 3층 정도지만 깊이감이 느껴지는)

복동희　　　지한씨 기다릴 텐데… (그냥 확 날아가?)

조급한 마음에 난간에 다리 하나 걸치고 넘어가려다가,
까마득한 바닥을 흘낏, 계단으로 둘러싸인 우물 같은 허공에서 휘
익- 불길하게 솟구치는 바람… 아… 그냥 걸어갈까? 망설이는 순간,
누군가 등을 가볍게 툭! 밀어버린다.
그레이스다. 화려한 비행쇼를 기대하며!

복동희　　　어……??!!

그런데…
당연히 훨훨 날 줄 알았던 동희가 그대로 추락해 버리는 게 아닌가!

그레이스　(동영상 촬영하려고 핸드폰 들었는데) 뭐야…?

슬로우로 무겁게 추락하는 동희, 바닥에 점점 가까워지고…!
그레이스 놀라서 내려다보면, 동희가 바닥에 널브러져 쓰러져 있는데!
그런데 동희 밑에 깔려있는 누군가… 귀주다!

귀주　　　누나…!

복동희   귀주야…!

뒤따라 온 다해도 놀라서 본다.
복동희가 위험하다는 게 사실이었다니!

다해   어쩌다…? (계단 위를 올려다보면)

휙! 재빨리 몸을 숨기는 그레이스

귀주   어떻게 된 거야?
복동희   (다해 발견하고 소스라쳐 눈 커졌다가, 툭… 고개를 떨구며 의식
           을 잃고)
귀주   누나! 야 복동희! 누나! (동희를 이리저리 살피며) 머리를 부
           딪혔나… 병원으로 가야겠어요. (동희 안고 일어나는데, 팔에
           찌릿! 통증)
다해   다쳤어요?
귀주   (통증 참고 동희 다시 들어 올리고)
다해   (얼른 다리 쪽을 잡고 거드는)

S#38—복스집 밖 N

동희를 차에 태우는 귀주와 다해.
차에서 기다리던 이나도 어리둥절 놀라서 본다.

귀주   (운전석에 타려는데)
다해   그 팔로 운전 못해요.

다해 운전대 잡고 서둘러 병원으로 출발하면,
건물에서 빼꼼 내다보는 그레이스

그레이스 (핸드폰 귀에 대고) 엄마, 지금 도다리 누구랑 뭐 하고 있는
지 알아?

백일홍E 알고 있어.

그레이스 (안다고?)

그레이스 앞으로 붕 지나가는 노형태 오토바이. 귀주 차 뒤를 밟는다.
멀찍이 떨어져 다해를 쭉 미행해 오고 있었던 것.
그레이스 핸드폰으로 촬영한 동영상을 재생해 보면,
추락하는 동희를 턱!!!!!! 받아내는 귀주…!

그레이스 허…!

S#39—병원 응급실 N

동희 의식 없는 상태로 팔에 링거 꽂고 누웠고

의사 영양실조 같습니다.

귀주 예…? (황당, 그제야 조금 마음이 놓여) 살 좀 살살 빼지.

의사 별다른 외상은 없는 것 같네요. 높은 데서 떨어지는 걸 받았
으면 남자분도 충격이 있었을 텐데… (귀주 팔을 살짝 잡으면)

귀주 (찡그리고)

의사 한 번 볼까요? (귀주 데리고 가고)

S#40—병원 로비 N

로비 의자에 앉아 기다리는 다해, 이나

이나 고모 위험한 거 어떻게 알았어요?
다해 그냥 직감적으로.
이나 (안경 슥 벗으면)
다해 (눈 가리고) 야 써. 알았어, 써.
이나 (안경 쓰고 보면)
다해 니 아빠 과거에선 아무한테도 안 보인다며? 아무 데도 안
        닿고. 이유는 모르겠지만… 나는 보여. 닿을 수도 있고.
이나 …!

S#41—병원 응급실 N

끄응 신음하며 눈을 뜨는 동희. 서서히 정신이 돌아오고

복동희 (소스라쳐 몸을 일으키는) !!!

여기가 어디지? 두리번거리면 팔에 링거 꽂혔고, 병원이다.
침대 옆에 놔둔 소지품에서 황급히 핸드폰 찾아들고

S#42—복씨 저택 거실 N

엄순구 (핸드폰 쥐고 안절부절 못하는) 왜 안 오나…

복만흠   (안방에서 나오는) 누가 안 왔는데요?

엄순구   좀 잤어요? 꿈에서 뭐 못 봤어요?

복만흠   (절레절레) 무슨 일인데요?

엄순구   이나가 글쎄 도다해랑 있다는데…

복만흠   뭐라구요??

엄순구   귀주가 데리러 갔는데… 전화도 안 되고…

복만흠 핸드폰 진동 울리고

복만흠   (전화 받는) 어 왜.

복동희E   엄마, 나 병원이야.

복만흠   병원은 왜??

복동희E   추락했어.

복만흠   (심장 철렁) 뭐어? 어쩌다!

S#43—병원 응급실 N

복동희   모르겠어. 날려고 했는데 날 수가 없었어…
          근데 엄마, 정신을 잃기 전에 내가 누굴 봤는지 알아?
          도다해. 거기 도다해가 있었다고!

복만흠E   이나를 유괴한 걸로 모자라 너한테까지?

복동희   그건 또 무슨 소리야? (사이) 경찰은? 신고는 했어? 지금
          복씨 집안 비밀 들통날 게 걱정이야? 우리가 경찰에 신고
          못할 거라는 걸 알고 덤비는 거라고!

S#44—복씨 저택 거실 N

복만흠   일단 진정하고. 어느 병원이냐? 알았다. 금방 갈 테니까…
         (전화 뚝 끊겼다)
엄순구   동희 다쳤대요? 어디를? 얼마나?

S#45—병원 응급실 N

동희 핸드폰 뺏어서 끊어버린 귀주

복동희   줘! 경찰 부르게! 너 이나 지금 어딨는지 알아??
귀주   도다해랑 있어.
복동희   그래! 도다해랑… (멈칫) …있는 게 넌 괜찮아?
         나 이렇게 만든 것도 도다해야, 누가 뒤에서 민 것 같았거든!
귀주   그 반대야. 도다해 덕분에 누나 구한 거야.
복동희   뭐라는 거야?
귀주   (어쩔 수 없네) 얘기가 좀 긴데…

귀주, 듣는 사람이 있나 주위 살피고 침대 커튼을 닫으면,
노형태, 한쪽에 몸을 숨기고 엿듣고 있는데

S#46—병원 로비 N

황급히 달려 들어오는 복만흠, 엄순구,
로비 의자에 함께 있는 다해와 이나 발견하고

엄순구	이나야!!!
복만흠	(성큼성큼 다가오고)
다해	…! (의자에서 일어나는데)
복만흠	(철썩!!! 뺨을 날려버리는)
다해	!!!
이나	…!
복만흠	우리 가족한테서 떨어져!!!
엄순구	(이나 상태 확인하는) 이나야, 괜찮니?
복만흠	어디 감히 그 더러운 손을 또 뻗치려 들어! 그것도 어린애한테!
다해	… 그러게 애 간수 좀 잘하지 그러셨어요. 너무 쉽더라고요. 내가 한 거라곤 애랑 눈 맞춰준 거밖에 없는데.
이나	…
복만흠	능력 없는 어린 것이 제일 만만했겠지!
다해	초능력 별 거 아니네요. 미래도 보고 과거도 보고 다 보는 줄 알았더니 눈앞에 있는 건 못 보시고. 아깝다. 초능력가족이 이렇게 쉬울 줄 알았으면 좀 더 버텨보는 건데.
복만흠	뭐어?
다해	대비 단단히 해두세요. 우리 엄마, 한번 물면 안 놓거든요. (가버린다)
복만흠	(이게 도다해의 본모습인가? 기막히고 소름 끼치는데)
엄순구	저 사람이 뭐라면서 널 꼬드기든?
이나	내 발로 찾아갔어요.
엄순구	뭐?
복만흠	(허!) 이렇게 철이 없어서야. 부족함 없이 살게 해주니까 도리어 어둠이 근사해 보이든? 나쁜 건 또 빨리 배워서, 도둑질이나 배우고…

엄순구	(도둑질?)
이나	할머니도 했잖아요. 도둑질.
복만흠	뭐?
이나	꿈에서 복권 번호 보고, 주가 그래프 보고, 미래를 훔친 거 잖아요.
복만흠	(말문이 턱 막히는) 그건, 어디까지나 내 능력으로…
이나	아줌마랑 손잡아요. 그럼 다시 미래를 훔칠 수 있어요.
엄순구	무슨 소리냐?
이나	(안경 슥 내리고 엄순구 보더니) 할아버지도 알았죠? 아줌마가 미래에서 온 아빠를 본다는 거.
엄순구	…!
복만흠	뭐라고…??

S#47─병원 밖 N

얼얼한 뺨을 문지르며 밖으로 나오는 다해

다해	(픽) 양가 어머님들이 손발이 착착 맞네. 때린 델 또 때리냐…

앞을 가로막고 서는 노형태 오토바이

다해	(보면)
노형태	(미안하지만 어쩔 수 없다는 얼굴로) 타라.
다해	…

S#48—복씨 저택 금고방 N

복만흠, 굳은 얼굴로 성큼성큼 들어오고

엄순구 (뒤따라 들어오면서 쩔쩔매는) 몇 번이나 말하려고 했는데…

복만흠 처음부터 바로 알렸어야죠!

엄순구 난 당신 잠 못 잘까 봐, 귀주 능력이 불안정한 상태라 더 명확해지면 말하려고…

복만흠 그걸 왜 당신이 판단해요! (버럭) 당신이 뭘 안다고!!!

엄순구 …!

복만흠 (태블릿PC 찾는) 나가요. 조용히 생각 좀 하게.

엄순구 그래요, 당신한테 나는 아무것도 모르는 무능력자겠지. 평생을 당신 그림자로 봐도 못 본 척 알아도 모르는 척 살아왔으니까, 그게 내가 당신을 지켜온 방식이라, 그래서 말 안 했는지도 모르겠네.

복만흠 지금 당신 신세 한탄 들어줄 여유 없어요. (태블릿PC 찾는) 어딨는 거야…

엄순구 (태블릿PC 쉽게 찾아 건네는) 그런데 여보,

복만흠 (받고, 보면)

엄순구 당신이 모든 걸 알아야 하는 건 아니에요. 다 알 수도 없고. (나가면)

복만흠 (내가 모르는 게 있다고? 신경 쓰여서 힐끗 봤다가, 그래봤자 내 손바닥 안이지! 태블릿PC 열어서 빠르게 훑으며) 능력의 변이라니… 반드시 치러야 할 대가가 있을 텐데…

S#49—복씨 저택 주방 쪽방 N

주방에 딸린 세탁실 겸, 팬트리 겸 엄순구의 작은 개인 공간.
굽은 어깨로 우두커니 서 있는 엄순구.

S#50—콜라텍 N

신나게 흔들어대는 한쪽 구석, 엄순구 풀이 죽어서 앉았다.
축 처진 그의 어깨를 가만가만 다독이는 여자 손…!

S#51—복씨 저택 동희 방 N

동희 침대에 눕다가 퍼뜩!

복동희   아 맞다! 지한씨!
          (황급히 핸드폰 찾는) 기다렸을 텐데… 얼마나 걱정했을까…

핸드폰 찾아서 열어보고는 싹 식는 얼굴.
부재중 전화 한 통 없이 덜렁 남겨진 조지한 메시지.
"갑자기 급한 약속이 생겨서. 미안. 다음에 보자."

복동희   (헐…)

똑똑 노크하고 들여다보는 귀주

복동희	왜?
귀주	(무뚝뚝) 괜찮냐?
복동희	(왜 자꾸 간지럽게?) 혹시 너 지금 생색내냐? 니가 구했다고?
귀주	괜찮네. (문 닫으려는데)
복동희	살 더 뺄 거야. (여전히 잡히는 군살 꼬집으며) 무거워서 못 난 거야.
귀주	몸 상해. 좀 쉬어. 좀 챙겨 먹고.
복동희	(웬일이래? 진심으로 내 걱정을 해주네? 내심 뭉클한데) 야 니 걱정이나 하랬지… 팔은? 괜찮아?
귀주	(대수롭지 않다는 얼굴, 문 닫으려는데)
복동희	복귀주,
귀주	(보면)
복동희	근데 멀쩡한 사람 다 놔두고 왜 하필 사기꾼한테 닿아? 남녀가 서로 닿는다는 게 얼마나 위험한 건데.
귀주	(어깨 으쓱, 문 닫으려는데)
복동희	복귀주,
귀주	(아 왜!)
복동희	(툭) 고맙다. (쑥스러워서 괜히) 내가 건물주 되면 월세는 좀 깎아줄게.
귀주	(피식, 문 닫고)
복동희	(웃어?) 저거… 좀 변하긴 변했네.

S#52—복씨 저택 2층 복도 N

귀주, 동희 방문 닫고 돌아서는데
이나, 복도 벽에 기대서 핸드폰 보고 있다.

이나	(눈 핸드폰에 둔 채) 꿈 이뤘네.
귀주	(보면)
이나	능력으로 누군가를 구하는 거. 슈퍼히어로처럼.
귀주	…!

이나, 핸드폰 화면 툭 끄더니, 고개를 들어 귀주를 본다.

이나	아줌마도 구해줘요. 아마 또 갇혀있을 거예요.
귀주	갇혀? 어디에?
이나	더한 꼴을 당하고 있을지도 모르죠. 결혼식 그렇게 엎어버린 데다 나까지 그냥 돌려보냈는데.
귀주	니가 상관할 일 아니야. 다시는 그 사람들 근처에도 가지 마! (돌아서서 방으로 가는데)
이나	그렇게 돌아봐도 아직도 모르겠어요? 아줌마가 왜 결혼식을 엎었는지.
귀주	(돌아보면)
이나	(방으로 가고)
귀주	(도다해가 왜 결혼식을 엎었냐고…? 눈을 감으면)

S#53—복씨 저택 밖 (타임슬립/10씬 연결) D

다시 '파경의 시간'
웨딩드레스 입은 다해를 뒤에 남겨둔 채
뒤돌아서 멀어지는 과거의 귀주가 보인다. (10씬 이후 상황)
멀어지는 귀주(과거) 뒷모습을 바라보는 다해,
다시는 볼 수 없을 귀주를 가만히 눈에 담는다.

슬픔과 미안함이 담긴 혼자만의 작별 인사를 남기고 돌아서는데,
눈앞에 또 다른 귀주(타임슬립) 서 있다.

다해   ……?!

분노와 실망으로 일그러졌던 두 명의 귀주와 달리,
지금 다해 눈앞에 서 있는 귀주 눈은 슬픔과 연민으로 일렁인다.

다해   왜 또 돌아왔어요? 다 끝났는데… 내가 다 망가뜨렸는데…
귀주   그러니까.
다해   ?
귀주   필요 이상으로 개박살을 낸 것 같단 말이지. 그냥 조용히
             도망쳐도 됐을 텐데, 그렇게 요란하게 터뜨릴 필요가 있었
             을까? 사기꾼들이 다시는 뭘 어떻게 해볼 수 없게.
다해   …!
귀주   사기꾼 주제에… 날 구한 건가?

그때, 무서운 기세로 달려드는 백일홍,
다해의 뺨을 철썩!!!!!!! 날려버린다! (복만흠이 때린 뺨과 같은 쪽 뺨)

귀주   ……!

노형태가 운전하는 자동차가 빠르게 달려와 급정거하고,
귀주가 어떻게 손 써볼 겨를도 없이, 다해를 차 안으로 거칠게 밀어 넣
는 백일홍. 귀주가 백일홍을 막아보려 하지만 손이 닿지 않은 채 밀려
나고, 백일홍, 그레이스, 다해를 태우고 빠르게 떠나는 노형태 자동차.
(백일홍 일당 눈에는 귀주가 보이지 않고)

다해, 차 안에서 뒤돌아 귀주를 한번 보고는 이내 고개를 돌린다.
귀주, 그 자리에 우뚝 선 채 바라보는 데서

S#54—찜질방 식당 N

어둑한 식당, 백일홍과 마주 앉은 다해.
백일홍에게 무슨 짓을 당할지도 모른다는 각오.

백일홍　　꼬맹이를 돌려보내고 얻어온 게 뭐야?

다해　　…

백일홍　　뭐라도 좀 내놔봐. 내가 아주 기대가 크다고.

다해　　…

백일홍　　왜 이래? 수줍은 거야 겸손한 거야? 복씨 집안에 숨겨진
　　　　　　그 뭐냐, 황금알을 낳는 두꺼비, 그 두꺼비를 겨울잠에서
　　　　　　깨운 게 너잖아. 게다가 복귀주가 과거에서 닿는 유일한 사
　　　　　　람이 너고.

다해　　(알았구나…!)

백일홍　　그 중요한 정보를 왜 여태 나한테 숨겼을까?

다해　　…

백일홍　　엄마한테 비밀이 어딨다고? 서운하게. (서늘하게 보는데)

노형태　　(문 쪽에서) 누가 왔는데.

백일홍　　(돌아보면)

식당으로 들어오는 귀주

다해　　…!

백일홍	마침 오셨네? 두꺼비.
귀주	거위구요. (뚜벅뚜벅 걸어와 다해 옆에 턱 앉더니) 거래합시다.
다해	…?
백일홍	(어쭈?) 난 손해 보는 거래는 안 하는데.
귀주	대충 계산해 봐도 지금까지 입은 손해는 우리 쪽이 훨씬 큰데? 정신적 손해배상이야 봐준다 쳐도, 결혼식 비용이 꽤 들어서. 그거 다 퉁쳐줄게요.
백일홍	(재밌네?)
다해	(뭐라는 거야?)
귀주	관계를 재설정해 보자고. 어쨌든 서로가 서로를 필요로 하는 것 같으니, 지금부터는 비즈니스 관계로.
다해	???
백일홍	그러니까, 협업을 제안하는 건가?
귀주	도다해랑 보낸 시간이 곧 타임슬립 포인트니까. 거기다 도다해씨가 조금만 협조해 주면 내 능력에 제법 쓸모가 생기거든.
백일홍	(뜻밖에 일이 재밌게 풀리네?)
그레이스	(식당 밖에서 들여다보는/이게 무슨 일이래?)
노형태	(식당 밖에서 들여다보는/덕분에 다해가 무사하겠다 싶어 마음 놓이는)
다해	(이 남자, 대체 어쩔 생각인 거지???)

S#55—찜질방 밖 뒷골목 N

다해 뒷문으로 나오면, 귀주 따라 나오고

다해	뭘 바라고 이래?
귀주	간단한데? 나랑 시간을 보내주기만 하면 돼요.
	되도록 자주, 오래.
다해	누구 맘대로?
귀주	관계 재설정을 하자니까 말부터 까네? 뭐 그러자. 다해야.
다해	복귀주! 다 끝난 일이야!
귀주	그래서 말인데, 우선 과거를 좀 돌이켜야겠어.
다해	(보면)
귀주	널 붙잡을 거야.
다해	뭐…?
귀주	아니다. 니가 날 붙잡는 건가? 뭐 어쨌든.
	우리가 끝났던 시간을, 돌이킬 거야.

귀주 눈을 감고 사라진다.

| 다해 | ……! |

S#56—안경원 근처 공터 (타임슬립/31씬 연결) D

과거의 귀주가 다해에게 끝을 고하고 있다.
"우리 시간은 정말로 끝인 것 같네요, 도다해씨.
지난 시간은 다 지울 거고, 다시 그 시간을 떠올리는 일은 없을 거예요.
다시는, 도다해와의 시간으로 돌아가지 않을 겁니다…!"
참았던 눈물을 흘리며 돌아서는 다해.
눈물을 감추려고 얼른 닦아내고 또 닦아내도 또 차오르는 눈물.
'이렇게 울고 있었구나…'

다해가 우는 모습을 아프게 바라보는 귀주(타임슬립),

귀주   나 붙잡아요.

다해   ……!

다해 손목을 붙잡았던 귀주.

   7부 끝 —

8부

히어로는
아닙니다만

S#1—복씨 저택 안방 N

불편한 자세로 옅은 잠에 든 복만흠.
꿈을 꾸는 듯 미간을 꿈틀거리고

S#2—복만흠의 꿈

짙은 안개가 뒤덮인 어딘가,
복씨 집안의 반지를 낀 다해가 보인다. 또 그 꿈이다…!

S#3—복씨 저택 안방 N

퍼뜩 놀라 잠을 깨는 복만흠

복만흠　어째서 또 그 꿈을…?

화장대 서랍에 넣어뒀던 작은 주머니를 꺼낸다.
다해 가방에서 나온 복씨 집안의 반지, 불길하게 내려다보는

복만흠　아직 일어나지 않은 미래라는 말인가…?

S#4—찜질방 식당 (7부 54씬 연결) N

백일홍　그러니까, 협업을 제안하는 건가?

귀주	도다해랑 보낸 시간이 곧 타임슬립 포인트니까. 거기다 도다해씨가 조금만 협조해 주면 내 능력에 제법 쓸모가 생기거든.
백일홍	우리가 얻는 쓸모는?
귀주	부동산, 주식, 복권, 코인… 미래를 훔치게 해줄게요.
백일홍	…!
귀주	도다해만 내준다면.

디해에게 일제히 쏠리는 시선

노형태	정신적 지주 같은 건가? 왜 영화 보면, 통제 불능이거나 쓸모없는 초능력자를 각성시키는 캐릭터.
백일홍	입 다물어.
노형태	(입 꾹)
백일홍	다해를 내달라니? 무슨 의미지?
귀주	정확히는 시간을 내달라는 겁니다. 이왕이면 행복한 시간.
다해	(허)
그레이스	(뭐래? 오글거리게?)
노형태	(속으로 몰래 조금 감동)
백일홍	(피식) 나더러 두 사람의 행복이나 빌어주라는 건가?
귀주	이 정도 거래 조건이면 거의 거저 드시라는 거 아닌가?
백일홍	중요한 걸 깜빡했나 본데, 오랜 세월 남몰래 부를 축적해 온 그쪽 집안의 비밀이 우리 손에 있어.
그레이스	내 말이! 차라리 초능력가족 방송국에 폭로하겠다 협박해서 돈이나 왕창 뜯어내는 게 빠르겠다.
귀주	달랑 황금알 몇 개 얻자고 거위 배를 가르겠다면, 뭐 그러든지.
백일홍	(이것 봐라?)

귀주	(흔들림 없이 백일홍과 맞서면)
백일홍	… (보다가) 그럼, 디테일한 조건을 조율해 볼까? (딜 하려는데)
다해	내 시간이야!
귀주/일홍	(보면)
다해	시간을 내준다는 게 말이 쉽지, 타임슬립이 필요하면 언제든 멋대로 내 시간을 정거장처럼 밟고 지나가겠다는 거 아니야?
백일홍	정거장 이용료를 낸다잖아.
다해	초능력 안 겪어봤지? 눈앞에서 사라졌다 나타났다 언젠지도 모를 시간에서 불쑥불쑥 찾아오는데 딱 귀신 보는 기분이라고!
귀주	(긁적, 별로 안 무서워 했으면서?)
다해	시간을 넘나드는 초능력자를 입맛대로 부릴 수 있을 것 같아? 이용당하는 건 우리야. 난 이용당해 주기 싫어. 절대로! (주방 뒷문으로 나가버리고)
귀주	(뒤따라 나가는)
그레이스	왜 저래? 초능력 쪽쪽 빨아먹을 기횐데?
노형태	(다해는 복귀주한테 진심이니까…)
백일홍	(흠…)

S#5—찜질방 밖 뒷골목 (7부 55씬 연결) N

다해 뒷문으로 나오면, 귀주 따라 나오고

다해	뭘 바라고 이래?
귀주	간단한데? 나랑 시간을 보내주기만 하면 돼요.

61

되도록 자주, 오래.

다해   누구 맘대로?

귀주   관계 재설정을 하자니까 말부터 까네? 뭐 그러자. 다해야.

다해   복귀주! 다 끝난 일이야!

귀주   그래서 말인데, 우선 과거를 좀 돌이켜야겠어.

다해   (보면)

귀주   널 붙잡을 거야.

다해   뭐…?

귀주   아니다. 니가 날 붙잡는 건가? 뭐 어쨌든.
          우리가 끝났던 시간을, 돌이킬 거야.

귀주 눈을 감고 사라진다.

다해   ……!

다해, 귀주가 사라진 빈자리를 보고 섰는데

백일홍   (뒷문으로 나와서, 귀주가 없는 걸 보고) 복귀주는?

다해   …

백일홍   니가 보냈어? 왜? 매주 복권 1등에 당첨되는 황금알을 왜?
          세상 무서운 거 없는 녀석이 초능력이 무서울 리는 없고,
          대체 왜 자꾸 말 안 되는 선택을 하지? 널 이렇게 흔드는
          게 혹시…?

다해   … (툭) 좋아해. 복귀주.

백일홍   ?! (예상 못한 돌직구에 보면)

다해   그래, 흔들렸어. 미쳤지. 나도 내가 당황스러워.
          쪽팔려서 말 안 했는데 결혼도 그래서 엎었어.

엄마가 그랬잖아, 일할 때 감정 섞는 거 아니라고, 살 낀
다고. 엄마도 비즈니스 파트너랑 감정선 애매하게 타다가
3년 살고 나왔다며?

백일홍 (그건 그렇지만) 그건 작품 할 때 얘기고…

다해 함정이면? 지 등쳐먹으려던 사기꾼한테 손 내미는 저의가
뭐겠어? 정신 똑바로 차려도 모자란데 나, 그 남자 옆에서
안 흔들릴 자신 없어. 고작 남자한테 쩔쩔매는 꼴 누구보
다 내가 용서 못 해!

백일홍 (허 헛웃음) 그 정도야? 너한테 그 남자가?

다해 미안해. 정리할게. 그니까 엄마도 나 마음잡게 좀 도와줘.
(안으로)

백일홍 (허… 말문 막히고, 안으로)

S#6—복씨 저택 거실 N

콜라텍에 다녀온 엄순구, 반짝거리는 화려한 옷차림으로 발소리 죽
여 살금살금 들어오는데 불쑥 복만흠이 앞을 가로막는다.

엄순구 !!!

복만흠 쥐새끼가 드나들도록 아무것도 몰랐네.

엄순구 (들켰구나! 얼굴 하얘져서 얼어붙는데)

복만흠 도도해 말이에요, 도대체 반지를 어떻게 훔쳤을까요? (손에
든 반지)

엄순구 (응…?)

복만흠 금고 그거 한두 푼짜리도 아니고 비싸게 들였는데! 당신이
청소하면서 열어둔 거 아니에요?

엄순구   아…

복만흠   (안방으로 가다가, 문득 얼굴 변하더니, 확 돌아보면)

엄순구   (움찔! 이번엔 정말로 들켰나?)

복만흠   비밀번호 바꿔 놔요. (안방으로 들어가고)

엄순구의 요란한 옷차림이며 이 밤중에 어딜 다녀왔는지는 안중에도 없는 복만흠. 들키지 않은 것이 오히려 씁쓸한 엄순구.

엄순구   나한텐 비밀번호도 안 가르쳐줬으면서…

S#7—찜질방 카운터 D

단골 아줌마 손님들 여럿이 우르르 몰려들어 오면,
카운터에서 손님 받는 다해, 열쇠 수건 찜질복 꺼내주느라 분주한데,
옆에서 도와준답시고 사물함 열쇠 하나씩 나눠주는 귀주.

귀주   (능청스레) 어머님은 행운의 77번! 어머님은 팔팔하게 88번!

다해   (뭐 하나?)

귀주   (고맙긴 뭘) 오해는 마. 타임슬립 정거장을 만들어두려는 것
          뿐이니까.

그런데 열쇠를 받아든 손님들 영 마땅치 않은 표정들이다.
"못 보던 이네? 새로 왔나?", "신입이 영 칠칠치 못하네."

다해   주세요. 다시 드릴게요.

귀주가 나눠준 열쇠들 도로 거둬들여 다시 나눠주는 다해.
열쇠 바꿔주자 손님들 그제서야 만족한 얼굴로 들어가고

다해　　홀수는 위 칸, 짝수는 아래 칸. 키 큰 손님은 홀수, 아래 칸
　　　　선호하는 어르신들은 짝수. 행복한 시간 보내. (귀주 혼자 남
　　　　겨두고 가버리고)

귀주　　…

S#8—찜질방 식당 D

사기패밀리 네 사람이 둘러앉아 밥을 먹는데 찌개에 푹 꽂히는 숟가락.
사기패밀리 네 사람의 시선이 그 숟가락을 따라가서 보면,
귀주가 천연덕스러운 얼굴로 섞여 맛있게 밥을 먹기 시작한다.

백일홍　　식구가 하나 늘었구나.

그레이스　　누추한 밥상에 잘도 숟가락을 섞네 귀하신 분이?

노형태　　(찌개를 귀주 앞으로 슬쩍 밀어주는데)

다해　　(숟가락으로 귀주 숟가락 탁! 쳐내며) 엄마! 이렇게 안 도와준
　　　　다고?

백일홍　　흔들리면 흔들리는 대로 한번 가보자. 여차하면 붙잡아 줄
　　　　가족들이 있잖아.

귀주　　(다해의 면박에도 굴하지 않고 뻔뻔하게 밥 먹는) 무슨 뜻?

백일홍　　모녀끼리 얘기. 밥 먹어.

그레이스　　(핸드폰으로 뭘 검색하더니 귀주에게 내밀고) 오빠야 이것 좀요.

다해　　오빠?

그레이스　　그럼 형부야? 결혼도 박살 난 마당에?

귀주	(그레이스가 내민 핸드폰 보면)
그레이스	이번 주 떡상한 종목. 지난 주 도다리한테로. 할 수 있죠?
귀주	뭐 오빠가 한번 해볼까? (능청스레 눈을 감으면)
찜질방팸	(귀주에게 쏠리는 기대에 찬 시선)

하지만 아무 일도 일어나지 않고

귀주	(눈 뜨더니) 별로 안 행복했나 본데. 아무래도 파혼 이슈도 있었고.
다해	(숟가락 탁 내려놓고) 그렇게 순순히 황금알을 먹여주겠어? 이 남자 우리 골탕 먹이는 거야. (일어나 가버리고)
귀주	(억울한 표정 지어 보이고) 도다해가 영 협조를 안 해주네?
백일홍	(내가 알아서 할 테니까) 밥 먹어. 행복은 밥에서 나오는 거니까.

S#9—찜질방 D

귀주 식당 쪽에서 나오는데, 다해가 예쁘게 차려입고 나온다.

귀주	(오! 드디어 행복한 시간을 보내주려고?) 어디 가게?
다해	일하러. (가고)
귀주	? (따라가면)

S#10─호텔 카페 D

다해 카페로 들어오면, 한쪽에 앉아서 커피 마시는 맞선남 보인다.
집안의 성화에 억지로 맞선에 끌려 나왔는지 떨떠름한 얼굴이다.

다해　　　(다가가서) 죄송해요. 좀 늦었어요.

맞선남　　(굳은 얼굴로 시계 흘끗) 30분 늦으셨네요.

다해　　　따님 선물을 고르느라. (이나에게 선물했던 것처럼 운동화 선물)

맞선남　　(핸드폰 바탕화면에 어린 딸 사진) 이러실 필요 없는데…

다해　　　제가 아이들을 좋아해서요.

맞선남　　(얼굴 조금 누그러들지만) 근데 제가 딱 30분만 시간을 낸 거
　　　　　　라 가 봐야 할 것 같아요. 어머니하고 딱 30분만 앉아 있
　　　　　　기로 했거든요. 솔직히 제가 결혼 생각이 없어서.

다해　　　잘됐네요. 저도예요.

맞선남　　(보면)

다해　　　주일에 권사님 뵈면 아드님 한 번만 만나달라시는데, 비혼
　　　　　　주의라고 솔직히 말씀 못 드리겠더라구요. 섭리에 어긋난
　　　　　　다고 생각해서서.

다해를 따라온 귀주, 조금 떨어진 곳에서 그러는 다해를 지켜보고,
어이없어 헛웃음이 나온다. 나 보라고 저러는 건가? 참 애쓴다…

다해　　　괜찮으니까 먼저 가보세요. 저는 커피 한잔하면서 좀 쉬다
　　　　　　갈게요.

맞선남, 의외로 쿨한 반응에 왠지 허둥거리면서 가방 챙겨 일어나는
데, 맞선남이 가방을 휙 움직이는 타이밍에 커피잔을 툭! 쓰러뜨리

는 다해. 다해 옷에 왈칵 쏟아지는 커피. 바닥에 떨어져 깨지는 커피 잔, 쨍그랑!

맞선남   (당황) 아! 제가 그랬나요? (허둥지둥 냅킨 내미는데)

다해   가만히 계세요! 위험해요! (옷 버린 건 개의치 않고 맞선남 발 밑 깨진 잔을 치우는)

맞선남   아… 미안해서 이거… 커피라도 살게요, 아니, 옷부터… 사 드리고…

귀주   (다가와서) 이제 보니까 와인도 내가 쏟은 게 아니었네?

다해   (왜 끼어들어?)

맞선남   (누구…?)

귀주   이 여자 세 번째 남편입니다.

맞선남   ??? 비혼주의라고…?

귀주   결혼 문턱에서 파혼당하긴 했지만.
             (다해 팔 붙잡고 데려가는)

S#11―호텔 입구 D

귀주   (다해 끌고 나오면) 뭐한 거야?

다해   (팔 붙잡은 귀주 손 떼어내고) 세 번째 결혼은 똥망했고, 네 번째 남편 물색해야지.

귀주   그런 세기말 수법에 넘어오는 사람도 있나?

다해   세 번째 남편도 홀랑 넘어오던데?

귀주   그래도 나한텐 이것보다는 진정성 있었던 것 같은데.

다해   그렇게 믿게 만드는 게 사기야. 제대로 걸려든 거지.

귀주   (피식, 그런가?)

다해	나랑 보낸 시간으로 돌아가는 것도 너무 의미부여 하지 마. 사기에 홀려서 잠깐 회까닥한 거야, 행복해서가 아니라. 그러니까 이제 나 말고 다른 시간을 찾아. 복귀주한테 진정으로 의미 있었던 행복한 시간, 있을 거 아냐.
귀주	…

미끈한 스포츠카에서 내리는 남자에게 일부러 툭 어깨 부딪치는 다해.

다해	아, 죄송합… 어? 우리 만난 적 있죠? (보란 듯 말도 안 되는 수작 걸고)
스포츠카	저 아세요?
다해	바닷가에서…
귀주	(어이없는데)

인상 센 여자가 스포츠카에서 내리더니 다해에게 눈을 부라리며

센 언니	우리 남편이랑 바다에서 뭐 했는데? 모래사장에서 불꽃놀이? (남자에게) 출장 간다더니 또 클럽 갔냐? (다해에게 덤벼드는) 새벽마다 내 남편한테 디엠 보내는 게 너야?
다해	(아…)
귀주	(다해 앞을 가로막으며) 죄송합니다. 이 여자 세 번째 남편입니다. 파혼당했구요. (다해 데리고 피하는)
센 언니	저것들 뭐야?? 야!! 이리 와봐!! 이리 안 와!!! (잡아먹을 듯 쫓아오고)
귀주/다해	(달아나는)

S#12—호텔 밖 D

도망쳐 온 두 사람. 센 언니가 쫓아오지 않는 걸 확인하고 멈추는

귀주	(풉 웃음이 터지는)
다해	(재밌어?)
귀주	여기까지 왔는데 저녁이나 먹자.
다해	싫어. (기면)
귀주	(따라오며) 거래 안 할 거야? 그러지 말고 나랑 거래하자.
다해	시간당 천만 원. 그럼 한번 생각해 보고.
귀주	(허)

S#13—노포 술집 N

둘이 함께 갔던 노포 술집.

다해	(여긴…?)
귀주	여기서 내가 제대로 걸려들었지. 앉아.
다해	(그냥 가려는데)
귀주	(붙잡아 앉히는) 딱 천만 원어치만 앉아.

두 사람 말고는 손님이 없다. 주인은 주방에서 꾸벅꾸벅 존다.
귀주 건배하려고 소주잔을 내미는데, 혼자 꿀떡 마셔버리는 다해.

귀주	혹시 내 생각 해주는 거면 안 그래도 돼.
	지금부터 우리가 같이 있는 건 같이 있는 시간이 쓸모 있기

때문이야.

어디까지나 나한테 필요해서. 철저히 비즈니스.

귀주, 다해 잔에 소주 채워주고 다시 건배하려는데,
다해, 이번에도 혼자 꿀떡 마셔버린다.

다해　　혹시 날 구하겠다는 생각이라면 안 그래도 돼.
　　　　나도 찜질방 패밀리가 쓸모 있으니까 같이 있는 거야.
　　　　내가 선택한 가족이고 떠나고 싶으면 내가 떠나.

귀주, 어쩔 수 없이 자기도 혼자 마시고

귀주　　어쩌다 그런 사람들이랑 가족이 된 거야?
다해　　어쩌다 그런 쓰레기들이랑 얽혀서 범죄자의 길을 걷게 됐
　　　　냐는 거지? 미안한데 나도 쓰레기야.
귀주　　인생에서 잊을 수 없는 행복한 시간, 여기서 얘기했던 것
　　　　같은데. 두발자전거 처음 탔을 때. 팥빙수 처음 먹어봤을 때.
　　　　그건 사기 아니지?
다해　　(거짓말은 아니었다)
귀주　　그 말할 때 진짜 행복해 보였거든. 처음부터 쓰레기는 아니
　　　　었던 것 같은데.
다해　　다른 애들처럼 두발자전거를 타고 싶었어.
　　　　그런데 다른 애들처럼 붙잡아 줄 엄마아빠가 없었어.
　　　　넘어지고 또 넘어지면서 혼자서 기어코 탔어.
　　　　처절하게 행복했지.
귀주　　… 팥빙수는?
다해　　그냥 평범하고 촌스러운 옛날 팥빙수였어. 강원도 00터미널

근처 제과점. 그냥 나한테 주어진 게 고작 그런 하찮은 것들뿐이었던 거야. 잘난 초능력자께서는 처음부터 넘치게 다 가졌겠지? 그래서 그런 자질구레한 행복이 진짜 행복처럼 보이나 봐?

귀주   능력을 얻고 처음 배운 게 좌절인데?

다해   (보면)

Flashback〉 2부 9씬

과거에서 강아지를 구하려고 애썼던 어린 귀주 모습들 짧게 지나가고 슬프게 울먹거리던 어린 귀주 "해피야…"

귀주   나만 행복한 시간은 진짜 행복이 아니라는 걸 알았어.
           그래서 소방관이 됐어. 오래가진 못했지만…

다해   … (이 남자 참 맑다) 그렇게까지 기어이 누굴 구하고 싶나…?

귀주   (나한텐 그게 행복이야. 그러니까 나 하는 대로 그냥 내버려 둬)

다해   자기보다 못한 사람을 구하는 걸로 우월감 느끼려고?
           전형적인 초능력자의 오만이야.

귀주   … (픽 웃고) 그랬나…?

귀주 가만히 눈을 감더니 사라진다.

다해   …!

노포 주인   (졸다가 퍼뜩 깨서 돌아보면)

다해   (괜히 찔려서) 화장실 갔어요… 흐…
           (빈자리 보며, 어딜 간 거야…?)

S#14—병원 정원 (13년 전/타임슬립) D

다른 시간에서 눈을 뜨는 귀주.
20대 초반 파릇한 신입 소방관 귀주가 팔에 반깁스를 한 게 보인다.

귀주　　!!!

도다해 없는 과거의 시간으로 돌아왔다니!
믿기지 않아서 얼떨떨한 귀주 앞으로 정반장이 지나간다.

귀주　　형! (반가움에 붙잡으려고 손이 나가지만 잡히지 않고)
정반장　(과거의 귀주에게로 가서) 야 막내! 첫 출동부터 나무에서 떨
　　　　어지고 쪽팔리게! 그러게 왜 다른 팀원들 준비되기도 전에
　　　　막무가내 기어 올라가? 니가 뭐 초능력이라도 있어?
귀주(과거) 초능력 없이도 과거를 바꿀 수 있더라고요. 지금 할 수 있
　　　　는 걸 하는 거.
정반장　뭔 헛소리야?
귀주(과거) (구조자를 걱정하는) 그… 무사하대요?
정반장　몰라!

10살 정도의 어린 소녀가 엄마와 함께 반려동물 케이지를 들고 다가
온다. 케이지 안에서 귀주가 구조해 준 고양이가 빼꼼.

소녀2　소방관 아저씨! 우리 해피 구해주셔서 고맙습니다!
귀주　　…!

희미해져 버렸던 행복이 되살아났다.

풋풋하고 가슴 벅찼던 처음의 순간. 과거의 나는 빛났었구나.
잃어버렸던 과거의 자신과 그리웠던 정반장을 아련하게 바라보는데…
정반장 뒤쪽 멀리 백일홍과 노형태가 걸어가는 게 보인다.

귀주　　　?! (그쪽으로 뛰어가면)

S#15—장례식장 (13년 전/타임슬립) D

백일홍과 노형태를 뒤따라온 귀주,
조문실 바깥쪽에서 들여다보면 다해가 보인다!

귀주　　　!!!

바닥에 부의금 함을 뒤집어 엎어버리는 백일홍.
어린 상주 다해에게 생명보험 가입신청서를 내미는 모습도 본다.

백일홍　　이제 아빠 건 다 니 거니까 니가 좀 갚아줘야겠다.
귀주　　　(어린 애한테…!)

흑백의 백일홍과 노형태가 가고, 빈소에 다해 혼자 남는다.
그때 조용히 걸어 들어와 두 번 절하는 문상객, 귀주.
고등학생 다해에게는 처음 보는 낯선 아저씨.
이번에도 빚쟁인가 싶어서 경계의 눈빛으로 올려다본다.
두려움을 들키지 않으려고 이를 악물고 버티는,
꺼칠하고 그늘진 얼굴에 독기로 눈빛만 형형한 소녀.
다해를 내려다보는 귀주의 눈가가 눈물로 붉어진다.

말없이 다해의 야윈 어깨를 손으로 짚어 준다.
넌 혼자가 아니라고 말해주는 것만 같은 눈빛. 처음 느껴보는 어른의
따뜻한 손길에 어린 다해 눈에서 눈물이 툭 터져 나오고

다해　　(울다가) 근데… 누구세요?

뒤틀린 시간에서 맞닿은 두 사람. 길게 주다가…

S#16—찜질방 N

다해　　(귀가하는) 나 왔어요.

기다렸다는 듯이 고개 쭉 빼고 내다보는 백일홍, 그레이스, 노형태

그레이스　　귀주 오빠랑 행복한 시간 보냈어?
다해　　네 번째 남편 만나고 오는 길인데? 권사님 아들.
백일홍　　내 오더도 없이?
다해　　얼른 마음 잡아야지. 네 번째 결혼은 차질 없이 빠르게 진
　　　　　행 시킬게. 나 때문에 일정이 늦어졌잖아. 세 번째 결혼을
　　　　　끝으로 엄마랑 찢어지기로 했는데.
백일홍　　…! (나한테서 떨어지겠다?)
그레이스　　도다리 저거 혼자 딴맘 품은 거 아냐? 복귀주가 미래에서
　　　　　황금알을 가져다줘도 도다리 눈에만 보인다는 거 아냐?
　　　　　엄마는 도다리 얼마나 믿어?
백일홍　　… 두 사람한테만 양가의 운명을 짊어지게 할 수는 없지.
그레이스/형태　　(보면)

백일홍   가족들이 좀 거들자.

S#17—복씨 저택 안방 N

흠칫! 눈을 뜨는 복만흠.

복만흠   (선잠에 들었다가 깬) 또 그 꿈이네… 뭔가 더 보일 것 같았
            는데…

침대에서 몸을 일으키는데 골치가 띵하다.

복만흠   여보? 나 물 좀.

평소 같으면 냉큼 달려왔을 엄순구가 아무 대답이 없다.

복만흠   여보…?

현관에서 누군가 외출했다 돌아오는 소리 들리고

S#18—복씨 저택 거실 N

외출했다 귀가한 사람은 귀주다.
귀주 2층으로 올라가다 계단에서 이나와 마주치고

이나   아줌마는요?

귀주	이제 우리랑 상관없는 사람이라고 했지. (이나를 지나쳐 계단 오르고)
이나	(안경 슬쩍 내리고)
귀주	(이나와 짧게 눈 마주치고)
이나	하루종일 같이 있었구나?
귀주	?! (어떻게 알았지?)
이나	(잘했어요, 슬쩍 미소 지어 보이고)
귀주	(뭔 소린지? 멋쩍어 시치미 떼는데)
복만흠	도다해랑 있었니??!!
귀주	(돌아보면)

계단 아래에서 쏘아보는 복만흠

| 복만흠 | 얘기 좀 하자. (금고방으로) |

S#19—복씨 저택 금고방 N

복만흠	아무래도 불길하다. 도다해한테만 닿는다는 게.
귀주	(보면)
복만흠	이나가 태어나던 날 그 병실 문처럼 또렷한 색깔이 있다는 건데, 그 문이 널 어떻게 망가뜨렸는지… 잊었어?
귀주	아버지 말론, 어떤 인연은 능력을 업그레이드시키기도 했다던데요.
복만흠	(태블릿PC를 탁 던지듯 내밀고) 제대로 다시 봐라.
귀주	(보면)
복만흠	아무리 오랑캐를 물리치고 전쟁에서 혁혁한 공을 세웠어도

공을 인정받기는커녕 사특한 요물로 몰려 죽임을 당했다. 변신술을 쓰던 분도 다르지 않아. 사랑하는 이를 일찍 저세 상에 보내고 그만 돌이 되어버렸어.

능력의 변이, 그 끝은 항상 비극이었다고!

귀주　　…

복만흠　(불안에 휩싸이며) 앞으로 대체 무슨 일이 벌어지려는지…!

귀주　　우울증이 낫고 있어요.

복만흠　뭐라고?

귀주　　잃어버렸던 시간을 하나 되찾았어요. 행복했던 때로 돌아 가려나 봐요.

복만흠　(반신반의, 그래도 불안이 가시지 않는) 너…? 대체 도다해랑 둘이서 뭘 하고 있는 거니…?!

귀주　　지난 몇 년 동안 시간을 너무 많이 버렸어요. 이제라도 시간을 좀 값지게 써보려구요. (돌아서서 나가고)

복만흠　(저 녀석을 어쩌나… 엄순구 찾는) 여보! 여보? 이 양반은 어디로 사라진 거야…?

S#20─콜라텍 N

엄순구와 파트너를 이루고 춤을 추는 신여사.
여리여리 나긋나긋 소녀 같은 인상의 50대 여자.
두 사람 스텝이 제법 척척 맞는다.
테이블로 자리 옮겨 간단한 음료 마시면서

신여사　오빠, 가족들이 날 몰라준다고 서운할 거 없어. 원래 가장 가까운 사람들이 나를 제일 몰라. 유명한 성인들도 고향에선 인정 못 받은 거 알지?

엄순구   그 성인들 와이프는 그래도 사람들이 기억해 주잖아. 차라리 나도 악처라도 될걸. 그저 난 밝게 빛나는 등잔 밑 그늘, 딱 그뿐이야.

신여사   오빠가 왜 등잔 밑이야? 내 눈엔 오빠야말로 환한 등불인데?

엄순구   (정말?)

신여사   (정말!)

엄순구 어깨를 쓰다듬던 신여사, 은근히 몸을 당겨 바짝 다가앉는데, 험상궂은 사내가 다짜고짜 엄순구의 멱살을 움켜쥐고

박사장   니가 내 마누라 등불이냐???

엄순구   ?!

신여사   여보!!!

엄순구   (여보??) 아, 오햅니다! 저는 그저 신여사님과 함께 땀 흘리고 운동하는…

박사장   함께 땀을 섞어???

엄순구   아뇨아뇨! 그러니까 그저 그, 건전한 생활체육인으로서, 그 뭐냐 스포츠맨십을 나눴을 뿐이지, 로맨스 비슷한 건 전혀! 깨끗합니다!

          (신여사에게) 내 말이 맞지? 신여사! 뭐라고 말 좀 해줘!

신여사   (놀라고 당황해 소녀처럼 울먹울먹)

박사장   (멱살 놓고) 스포츠맨십인지 로맨슨지! 상간남 소송 걸 테니까 법정에서 따져보자고! (가는데)

엄순구   안 돼! (옷자락 붙잡고) 돈 드릴게요! 제발 소송만은!!!

S#21—복스짐 D

카운터에서 CCTV 확인해 보는 동희

복동희　분명히 누가 민 것 같은데…

화면 돌려보다가, 그레이스가 카운터에서 열쇠를 슬쩍해 엘리베이터 멈추는 장면을 발견하는데!

그레이스　언니야, 나 운동하러 왔는데 일일권 좀 끊어줄래?
　　　　　아무리 다녀봐도 여기처럼 손님 없고 한적한 데가 없더라고?
복동희　너였구나? (서늘) 나 민 거.
그레이스　(헉 들켰구나!)
복동희　(확 다가오면)
그레이스　엄마야!!!

운동기구 사이사이 요리조리 달아나는 그레이스.
씩씩거리며 뒤쫓는 복동희.

그레이스　(운동기구를 사이에 두고) 언니야 미안! 내가 진짜 미안해!
　　　　　아니 나는 언니가 멋지게 날 줄 알았지! 결혼식 날 날았던
　　　　　것처럼!
복동희　(누가 들었을까 봐 두리번) 날면 뭐? 나는 거 찍어서 협박이
　　　　　라도 하려고? 어디서 개수작이야! (확 덤비면)
그레이스　(꺅! 계단 쪽으로 달아나고)

S#22—복스짐 계단 D

그레이스 허겁지겁 계단으로 뛰어 들어오는데
동희가 무서운 기세로 쫓아와 난간으로 밀어붙인다.
난간에 등을 떠밀리는 그레이스. 저 아래 아찔한 바다!

그레이스   언니야! 살려줘라! 제발 한 번만! 내가 뭐든지 할게!
복동희   (잡아먹을 듯 확!)
그레이스   (눈 질끈!)
복동희   (그레이스 제압했던 손 조금 풀더니) 처음으로 되돌려놔.
그레이스   (실눈 뜨고) 어…?

S#23—찜질방 D

백일홍 시큰한 손목을 만지작거리며 수건을 갠다.
옆에 와서 앉더니 같이 수건 개는 귀주.

귀주   이렇게는 거래 성사가 어렵겠는데.
백일홍   뭐가?
귀주   도다해가 너무 완강히 거부해서. 일방적으로 다가가는 것
도 한계가 있고.
백일홍   (속으로 뭔가 계산이 서 있는) 걱정 마. 다해는 이 거래를 받
아들일 수밖에 없을 테니까.
귀주   (무슨 꿍꿍이지…?)

다해가 이번엔 좀 수수한 스타일로 꾸미고 나온다.

다해	(귀주는 본체만체) 오늘 만나는 신랑감은 불심이 깊어서 점
	심은 사찰음식 먹을 듯. 갔다 오면 저녁엔 고기반찬?
백일홍	(찜질방 안쪽에 대고) 형태야!!
노형태	(나오면)
백일홍	좀 도와줘라. 두 사람이 행복한 시간 보내게.
귀주/다해	…?

S#24—공원 D

공원을 걷는 다해와 귀주.
귀주 힐끗 뒤돌아보면 몇 발자국 뒤에 노형태가 뒤따르고 있다.
귀주, 다해가 멈추면 노형태도 멈추고, 걸으면 노형태도 걷는다.
잰걸음으로 빨리 걸어도 그림자처럼 집요하게 바짝 따라붙는다.
귀주, 다해, 벤치에 앉으면, 노형태도 바로 옆에 붙은 벤치에 앉는다.

노형태	좀 행복한가?
귀주	…그닥.
노형태	(큰일이군)

잠시 후, 벤치에 앉은 다해, 귀주, 얼굴에 비눗방울이 날아와 퐁 터진다.
돌아보면, 노형태가 두 사람을 향해 비눗방울을 불고 있다.

노형태	좀 행복한가?
귀주	…별로.

잠시 후, 잔디밭에 핑크색 깅엄체크 돗자리 펼치는 노형태.

라탄바구니에 와인에 로맨틱한 피크닉 풀세트를 세팅한다.

노형태   좀 행복한가?

귀주   (부담스럽다) …전혀.

노형태   (이 남자, 두 사람의 행복에 진심이다. 심각해진다.)

귀주   같이 있는 사람이 내내 불행한 얼굴을 하고 있으니까.

노형태   (나무라는 눈빛으로 다해 보고)

다해   (내가 뭘?)

귀주   (잠깐 생각하더니) 형, 팥빙수 사러 갈래요?

노형태   (나한테 형?)

귀주   도다해 인생 팥빙수. 그거라도 사다 주면 좀 행복해질까 해서.

노형태   (그렇다면 가야지!) 앞장서.

다해   지금? 거기가 어디라고…

귀주   (가면서) 잠깐 있어.

노형태   (뒤따르고)

다해   아니, 그게 잠깐으로 될 일은 아닌 것 같은데…

S#25—고속버스 D

강원도 00행 고속버스에 올라타는 귀주.
뒤따라 타며 어리둥절한 노형태.

노형태   팥빙수 사러 간다며…?

S#26—고속도로 D

고속버스, 도시를 벗어나 달린다.
노형태 귀주 곁에서 꾸벅꾸벅 졸다가 퍼뜩 눈을 뜬다.

노형태   아직 도착 안 했나…?

S#27—00터미널 앞 N

해가 지고 00터미널에서 나오는 귀주와 노형태.

노형태   (지친 얼굴로) 강원도…?

터미널 앞에 허름한 옛날식 제과점이 다행히 그대로 남아있다.

S#28—제과점 N

귀주   팥빙수 포장해 주세요.
제과점   포장은 안 되는데.
귀주   그럼 그냥 주세요.
노형태   (다 녹을 텐데 어쩌려고?)

세월이 느껴지는 촌스러운 유리그릇에 팥빙수가 나온다.

귀주   그릇은 나중에 돌려드릴게요. (팥빙수 유리그릇 들고 가면)

노형태   ? (따라가고)

S#29—OO터미널 N

귀주   (팥빙수 들고) 형, 버스표 좀 사줄래요?

노형태   (내가?)

귀주   얼른. 팥빙수 녹아요.

노형태   (어차피 녹을 텐데? 이해 안 되는 표정으로 버스표 사러 가면)

귀주 대합실 대형 TV의 채널을 돌리면, 복권 추첨 생방송 중이다.

순가락을 감싼 티슈 펼쳐서 1등 당첨숫자 6개를 재빨리 받아쓰고는

증명사진을 찍는 즉석사진 부스로 뛰어 들어간다.

버스표 사서 돌아서는 노형태, 그 모습을 본다.

뭐하는 거지? 팥빙수 녹기 전에 기념촬영이라도 하려는 건가?

즉석사진 부스 커튼 펄럭 젖히는데…… 안에 아무도 없다!!!!!!

분명히 들어가는 걸 봤는데??? 어디로 사라졌지???

S#30—공원 (타임슬립/24씬 연결) D

다해를 남겨두고 뛰어갔던 과거의 귀주 보인다.

귀주(과거)   (가면서) 잠깐 있어.

형태(과거)   (뒤따르고)

다해   아니, 그게 잠깐으로 될 일은 아닌 것 같은데…

하면서 고개 돌리면, 타임슬립한 귀주가 짠! 서 있다.

다해   (깜짝!)
귀주   (팥빙수 내밀고)
다해   !!!
귀주   (멀어지는 노형태 뒷모습 보면서 씩 웃는) 겨우 **따돌렸네.**
다해   …! (팥빙수 물끄러미 내려다보는)
귀주   인생 팥빙수, 맞지?
다해   … (끄덕)
귀주   …? (좋아할 줄 알았는데 기대했던 반응이 아니다) 좀 녹았나?
다해   …

S#31—제과점 (과거) D

빵 진열대를 서성거리는 고등학생 다해.
교복에 작은 배낭 하나 멘, 한눈에도 가출 소녀로 보이는.
돈은 없고 배는 고프고, 빵 하나를 몰래 집는데

제과점   도둑이야!
다해   (황급히 달아나려는데)
노인   우리 손녀야. 서울에서 놀러 왔어.
다해   …?!
노인   아가 뭐 더 먹을래? 팥빙수 먹을래?
다해   (고개 세차게 젓는데)

결국 노인에게 이끌려 팥빙수 먹고 있는 다해.

염치없지만 태어나 처음 먹어보는 팥빙수는 너무나 황홀한 맛이다.
허겁지겁 정신없이 팥빙수를 퍼먹는데

노인　　(다해 교복에 붙은 학교 이름 보는) 선재여고 학생이지? 테레
　　　　　비 뉴스에서 봤어. 학교에 불이 나서… (쯧쯧) 얼마나 놀랐
　　　　　을까?

다해　　…

노인　　(따뜻하게 다독이는) 얼른 먹어. 얼른.

S#32—공원 (30씬 연결) D

다해　　불행을 팔아야 겨우 조금 행복해졌어.
　　　　　그래서 좀 헷갈리네. 그게 불행한 시간이었는지 행복한 시
　　　　　간이었는지.

귀주　　…

다해　　귀주씨한테 13년 전 그날, 그 시간이 무슨 의민지 나도 아
　　　　　는데… 근데 난, 그날 내가 산 게 별로 안 고마웠거든.
　　　　　가진 것도 없이 쓸데없이 살아남아서 고달프기만 하고.
　　　　　그래서 그 사람 팔아서 사기 쳤나 봐. 살려준 거 화풀이하
　　　　　려고.

귀주　　…

다해　　집에 있는 내 물건 아직 안 버렸지? 거기 나 구해준 사람
　　　　　유품이 있어.

귀주　　선배 유품…?

다해　　그분이 끼고 있던 반지. 유족들한테 전해줘.

귀주　　…

다해 숟가락을 들어 팥빙수를 먹기 시작한다.
불행이었는지 행복이었는지 모를 서글픈 과거가 생생히 떠오른다.

다해   와… 초능력이 이런 건가… 나도 과거로 돌아가졌네…?

팥빙수 푹푹 퍼먹는 다해.
먹고, 먹고, 또 먹고… 그러다 울컥 터지는 눈물.

다해   아닌가… 과거에서 한 발자국도 못 벗어났던 건가…?

귀주, 연민으로 다해를 바라본다.
사실은 너도 따뜻하게 대해준 사람들이 고마웠겠지.
그 사람들을 기만하고 이용하는 게 죽도록 괴로웠겠지.
이제 그만 멈출 수 있게 해줄게…!

귀주   (숫자가 적힌 티슈를 건네는) 이번 주 1등이야. 23억.
다해   ! 어…?
귀주   받아.
다해   기어코 엄마랑 손을 잡겠다는 거야?
귀주   니 거야.
다해   (나?)
귀주   이걸로 빚 갚아.
다해   ……!!!
귀주   불행 그만 팔고, 꼭 팔아야겠으면 지금부터는 행복을 팔
          아… 나한테. 시간당 천만 원에.
다해   (울컥…!)
귀주   일단 가서 복권부터 사. 8시 전에는 사야 돼. 알지?

다해	왜 이렇게까지… 나한테 왜 이러는 거야…?
귀주	정산하는 건데? 몇 번을 말하나. (싱긋) 철저히 비즈니스라고.
다해	…

S#33—OO터미널 (29씬 연결) N

즉석사진 부스에서 눈을 뜨는 귀주. 손에는 빈 유리그릇이 들려 있다.
커튼 열고 밖으로 나오면 귀신이라도 본 듯 소스라치는 노형태

노형태	???!!!
귀주	(태연) 버스표는 샀고?

S#34—찜질방 불가마 N

수건 뒤집어쓴 노형태 연신 뚝뚝 흐르는 땀

노형태	(초능력을 눈앞에서 목격한 충격에 사로잡혀) 뭔가 잘못됐어…
백일홍	뭘 보고 이래?
노형태	분명히 있었는데… 없어졌어… 다시 돌아왔을 때는 팥빙수가 없었고… 그럼 팥빙수는 어디로…?
백일홍	(초능력을 부리긴 부렸구나…)

S#35—찜질방 다해 방 N

옷 속에 손을 집어넣는 다해.
옷 안 깊숙이 감춰뒀던 복권을 꺼낸다.
핸드폰으로 당첨 번호를 맞춰 보면… 정말 1등이다!!!
허…! 이걸 어쩐다…? 생각에 잠기는 다해.

S#36—도로 D

신호등에 걸려 멈춰서는 오픈카. 조지한이 운전석에 앉아 있다.
어디선가 들어본 적 있는 음악이 들려온다.

조지한   (이 음악은…?)

옆 차선에 선 자동차에서 흘러나오는 음악에 오래 전 추억이 떠오르
는데.

Flashback Insert⟩ 3부 45씬 연결, 패션쇼장
어마어마한 높이의 킬힐을 신고 사뿐사뿐 나는 것 같았던 동희의 워킹.
그때 패션쇼장에 빵빵 울리던 음악과 같은 음악이다.
그 패션쇼장 어둑한 객석, 뿔테안경 쓴 어수룩한 덕후 느낌의 의대생
조지한이 홀딱 반해버린 얼굴로 동희를 바라보고 있었는데…

현재⟩
조지한이 옆에 선 자동차 운전석 쪽을 보려는데,
신호가 바뀌면서 출발해 버리는 자동차 운전석… 그레이스가 앉았다!

S#37—카페 D

혼자 태블릿 보며 커피 마시는 조지한.
그 뒤로 그레이스가 슬그머니 지나가면서 가볍게 칙! 향수를 뿌린다.

조지한　　(이 냄새는…?)

Flashback Insert〉 패션쇼장
모델 동희가 조지한 앞을 지나가면서 옷자락을 펄럭~ 흩날리던 향기…!
조지한, 황홀한 얼굴로 레몬마카롱을 한입 베어 문다.
(객석의 관객들 마카롱 하나씩 선물 받아 들고 있는)

현재〉
추억에 잠긴 조지한 테이블에 레몬마카롱이 놓인다.
"서비스로 드려요." 알바생이 마카롱을 하나씩 나눠주고 있다.

조지한　　…! (홀린 듯 레몬마카롱을 베어 무는데)

그때, 카페 안으로 들어오는 복동희…!
뜻밖의 동희 등장에 커다래지는 조지한 눈.
처음 만났을 때와 비슷한 컬러, 디자인의 옷차림.
(살이 조금 빠지긴 했지만 예전 같진 않은 몸매)

복동희　　(우연히 마주친 것처럼) 지한씨? 여기서 보네?
조지한　　오늘따라 니 생각 많이 났는데…

마치 운명처럼 재회한 두 사람. 모든 건 그레이스가 깔아준 판이었다.

동희, 몰래 지켜보던 그레이스와 눈을 맞추며 씩 웃는데,

조지한 안 그래도 할 얘기가 있었거든.

복동희 그랬어?

조지한 그… 아… 이런 말 좀 민망하네…

복동희 뭔데? 괜찮아. 말해봐. (기대하는데)

조지한 우리… 결혼…

복동희 (이것은 청혼??!!)

조지한 (안면 싹 바꾸고) 결혼하면 물려준다는 500억 건물.

복동희 (핑크빛으로 부풀어 올랐던 가슴 푹 꺼지고) 어…?

조지한 그거 아직 유효해?

그레이스 (헐)

복동희 (결국은 돈인가? 씁쓸했다가 이내 그래도 상관없다는 얼굴로 쿨하게) 그럼. 유효하지.

S#38—복스짐 D

동희 땀범벅 기진맥진 러닝머신 달린다.

복동희E 아무리 발버둥 쳐도 발이 안 떨어져.

동희 숨이 끊어질 것 같은 고통 속에 천국의 계단 오른다.

복동희E 아무리 바닥을 쳐도 여전히 바닥… 언제쯤 날 수 있을까…?

금방이라도 쓰러질 듯 안색이 좋지 않은 동희.

그레이스 오늘 한 끼도 안 먹었지? (단백질 쉐이크 내미는) 이거라도
먹어라.

복동희 (치워!)

그레이스 이러다 진짜 골로 간다!! (머신 스톱 누르고)

그제야 머신에서 비틀비틀 내려오는 복동희.
차디찬 바닥에 뻗어 허억 허억… 고통스럽게 숨을 몰아쉰다.

그레이스 언니야… (안쓰러운) 바닥 차다. 나랑 딴 데 가서 눕자.

복동희 …?

S#39―찜질방 불가마 D

뜨끈뜨끈한 바닥에 누워 등을 지지는 복동희.
돌처럼 무겁고 경직됐던 몸이 스르르 풀어진다.

그레이스 (식혜 건네는) 좀 낫지?

복동희 뭐 쫌. (식혜 쪽쪽)

나란히 등 지지는 두 여자.

그레이스 근데 계단에서 왜 못 날았어? 결혼식 날은 분명히 날았잖아.

복동희 … 니 말대로 나는, 살덩어리라.

그레이스 누가 언니더러 살덩어리래? 복덩어리!

복동희 (픽)

그레이스 걱정마라 언니야. 내가 언니 살 빼주고 결혼도 시켜줄게.

복동희	니가?
그레이스	500억 건물 사이좋게 나눠 먹자! 어때?
복동희	뭐 다 좋은데
그레이스	(콜?)
복동희	근데 결정적으로, 니가 싫어. (식혜 쪽쪽)
그레이스	(쳇)

S#40─중학교 교문 밖 D

삼삼오오 하교하는 아이들. 이나 혼자 핸드폰 보면서 걸어 나온다.
댄스 동아리 아이들 단톡방에 준우 메시지. "나 나간다."

이나	…!

준우가 단톡방에서 나가자, 혜림도 뒤이어 나가버린다.
그러자 다들 약속이나 한 듯 줄줄이 방을 나가고, 이나만 남는다.

이나	…

이나 어깨를 툭 치고 지나가는 학생1, 핸드폰이 날아가 떨어진다.

학생1	(이나를 투명인간 취급하는) 어? 나 방금 어디 부딪혔는데? 뭐지?
이나	(핸드폰 보면 액정에 금이 갔고) 깨졌잖아.
학생1	어? 무슨 소리가 들렸는데? 애들아! 못 들었어?
학생들	(키득키득)

94

그때, 해를 가리며 학생1을 뒤덮는 커다란 그림자.
이나의 깨진 핸드폰을 가져가 학생1 눈앞에 바짝 들이대는 큼직한 손.

노형태   이제 보여?
학생1   …!

겁에 질려 슬금슬금 달아나는 학생1과 무리들

노형태   (핸드폰 이나에게 돌려주면)
이나   …아줌마는요?

S#41─찜질방 D

한쪽에 앉아서 다해를 기다리는 이나.

노형태   시장 갔대.
이나   (끄덕)

평소 같으면 핸드폰을 들여다봤겠지만 깨진 핸드폰만 만지작.
늘 들여다보던 핸드폰을 보지 못하니 뭔가 어색하고 불안하다.
조금 떨어져 말없이 앉아 있는 과묵한 노형태를 힐끔.

이나   아줌마 언제쯤 온대요?
노형태   금방.
이나   …
노형태   …

이나	…
노형태	(힐끗) 심심해?
이나	(끄덕)
노형태	(기습공격으로) 참참참!
이나	(얼떨결에 고개 돌리면)
노형태	(걸렸다! 딱밤 딱콩!)
이나	… (안경을 슥 벗는)
노형태	참참참!
이나	(가볍게 피하더니 서늘한 눈빛) …내 차례죠?

S#42—찜질방 밖 D

복동희 땀 빼고 한결 가벼워진 발걸음으로 그레이스 배웅을 받는다.

| 그레이스 | 또 보자 언니야! |
| 복동희 | (새침) 나 여기 온 건, 우리 가족들한테는 비밀로. |

복동희, 누가 보기라도 할까 봐 서둘러 차에 타고 출발.
시장에 다녀오던 다해가 반대편에서 그 모습을 본다.

다해	방금 누구였어?
그레이스	내 손님.
다해	(내가 본 게 맞나?) 복동희?
그레이스	들어가 봐. 언니야 니 손님도 와 있다.
다해	?

S#43—찜질방 D

이나　　참참참!

노형태　(걸렸다. 딱밤 맞고)

이나　　참참참!

노형태　(또 걸렸다, 또 맞고)

이나　　참참참!

노형태　(또 걸렸다!!! 또 맞고!!! 혼란스러운) 이건 뭔가 잘못 됐어…

안으로 들어오는 다해 그 모습을 보고 황당해서

다해　　복이나?

이나　　(안경 쓰고) 아줌마?

다해　　여기서 뭐 하는 거야?

이나　　(참참참에 빠져있다가 뒤늦은 현타에 머쓱)

다해 손에서 장바구니 받아드는 백일홍.

백일홍　집에 가기 싫은 날도 있잖니. 저만할 때는 특히. (주방으로)

다해　　(뒤따르고)

S#44—찜질방 주방 D

백일홍 장바구니 내려놓으면

다해　　엄마가 다 불러들였어?

97

백일홍	아니? 복씨네 없는 게 여기 있으니 다들 찾아오는 거 아니겠니?
다해	그 집에 없는 거?
백일홍	뭐 이를테면, 행복?
다해	(무슨 꿍꿍이지?) 새로운 그림을 그리는 중인가 본데, 나도 좀 알자. 이번엔 장르가 뭔데?
백일홍	굳이 장르를 따지자면 주말가족극?
다해	(보면)
백일홍	너만 흔들린 거 아니야. 복귀주도 마음 있어.
다해	엄마, 이러면 나 더 힘들어져! 겨우 마음 잡으려는데 왜 자꾸…
백일홍	유일하게 서로에게 닿는 사인데, 서로를 생각하는 마음에 마냥 밀어내고, 애잔해서 보고만 있을 수 있어야지. 답은 하나야. 가족.
다해	가족을 볼모로 잡겠다고?
백일홍	더 예쁜 표현도 있잖니. 가족애. 이렇게 된 거 진짜 사돈지간이 될 수도 있지. 평생 운명공동체로.
다해	평생 물고 안 놔주려고…?
백일홍	이건 원윈이야. 너 한번 생각해 봐. 초능력 말고는 변변찮은 기술도 없고 사회성까지 떨어지는 가엾은 복씨네 가족들, 이 험한 인간 세상에서 밥벌이나 하고 살겠니? 잃어버린 초능력을 되찾아 주자고, 우리가.
다해	(포장은 잘하네) 주말가족극에 성공 스토리까지?
백일홍	어쨌거나 내가 무엇보다 바라고 응원하는 건, 두 사람의 행복이야. (장바구니에서 미역 꺼내며) 우리 사위가 미역국을 참 잘 먹더라.

다해   (복귀주와 그의 가족까지 완전히 쥐고 흔들려고 하는구나!)

S#45—복씨 저택 차고 N

어둑한 차고. 시동 꺼진 슈퍼카에 복만흠이 앉았다.
담판을 짓고 말겠다는 결의에 찬 얼굴로 누군가를 기다리고,
이윽고 차고 문이 열리고 다해가 들어온다.
혹시나 노형태가 뒤를 밟지 않는지 확인하며 조심스럽게.

복만흠   (차에서 손 내미는) 여기.

다해   (복만흠 옆에 타고)

복만흠   (차 키 내미는) 받아.

다해   ?

복만흠   당장은 현금 유용이 어려워서, 우선 이것부터 받고… (귀주
                한테서 떨어지라고 말하려는데)

다해   (선수쳐서 대뜸) 복귀주 좀 저한테서 떨어트려 주세요.

복만흠   ?! (내가 하려던 말을…?)

다해   엄마랑 거래를 하려고 해요. 귀주씨 뿐만 아니라 가족들까
                지 위험해질 거예요. 이 상황을 정리할 수 있는 사람, 여사
                님밖에 없어요.

복만흠   …! (보다가) 이런 얘길 나한테 하는 의도가 뭐지? 같은 편
                을 등지고 나랑 손을 잡겠다는 건가?

다해   성가셔서요. 복귀주, 지가 무슨 쫄쫄이 입은 히어로라고 주
                제넘게 남 일에 나대서… 잘 아시잖아요.

복만흠   (진심인가…?) 귀주 그 녀석이 내 말을 들어야 말이지. 잘 알
                겠지만.

다해	여사님한테 강력한 무기가 있잖아요. 무기를 쓰세요.
복만흠	(예지몽?) 잠을 자야 꿈을 꾸지. 잘 알겠지만.
다해	(가방에서 텀블러 꺼내 내민다)
복만흠	(허 뻔뻔하긴) 이젠 대놓고 수면제 차를 권하네?
다해	그럼 손으로 기운을 좀 불어 넣어드려요? (복만흠 뒷덜미에 손을 뻗는데)
복만흠	(소스라치며) 얻다 손을 대!
다해	여사님 재운 거 수면제였어요. 나한테 무슨 특별한 기운이 있다거나 내가 복씨 집안을 구원할 귀인이라서가 아니라.
복만흠	약기운 따위에 신성한 꿈을 꿨을 리가 없어!
다해	그럼 이건 어쩌세요? (손가락 사이에 낀 복권)
복만흠	…?
다해	1등이에요. 23억.
복만흠	거짓말… 어떻게…? 설마… 귀주가…?
다해	여사님을 재운 거, 혹시 희망 아니었을까요?
복만흠	(희망?)
다해	복씨 집안이 다시 일어날 거라는 희망이요. 이 정도면 사기꾼 사탕발림보다 더 확실한 희망의 징표 같은데. (복권 내밀면)
복만흠	이걸… 날 주겠다고…? 왜…?
다해	(복만흠 손에 쥐여주고) 받고, 떨어지세요.
복만흠	(허…!)
다해	(차에서 내리고) 주무세요. 그래야 가족들 살려요. (차 문 닫고 간다)
복만흠	(도다해… 너란 사람은…?!)

S#46—복씨 저택 금고방 N

도둑처럼 금고방을 얼쩡거리는 그림자, 엄순구다.
값나가는 미술품들과 반짝이는 귀금속들을 초조하게 만지작거리다가,
갑자기 울리는 핸드폰 진동에도 소스라치고

엄순구   (핸드폰 얼굴에 바짝 대고 목소리 낮춰서) 전화는 하지 말라니
          까…!
박사장   (포차 Insert〉 핸드폰 들고) 그치? 전화는 좀 거리감 느껴지
          지? 집으루 갈까? 당신 마누라까지 면대면으루…
엄순구   알았어요, 알았다고… 알았으니까 조금만 기다려줘요! (서
          둘러 끊고 하…)

S#47—복씨 저택 안방 안/밖 N

엄순구   (문 열고 들여다보는) 여보…?

웬일로 복만흠이 침대에 누워 곤히 자고 있다!

엄순구   (가만히 다가가서) 자요…?

엄순구의 인기척에도 쌔근쌔근 깊은 잠에 빠진 복만흠.
이게 어찌된 일인가 놀라서 보는데, 복만흠 양손에 뭔가를 꼭 쥐고
있다.
한 손에는 다해 가방에서 나온 작은 주머니를,
다른 손에는 복권을 마치 부적처럼 소중하게 꼭 쥐었다.

엄순구   (복권…? 살그머니 손을 뻗는데)

귀주   (문에서) 아버지.

엄순구   (화들짝!!! 나쁜 짓 하다 들킨 사람처럼 경직돼서) 쉿! 니 엄마
             잔다!

엄순구, 복만흠이 깰까 봐 방문 밖으로 귀주를 데리고 나가고

귀주   손님방에 있던 도다해 물건 다 치우셨어요?

엄순구   (소리 안 나게 방문 닫고) 니 엄마가 내다 버리라고 난리라.

귀주   (선배의 유품을 찾지 못하는 건가…)

엄순구   뭘 찾는데?

귀주   반지요.

엄순구   반지? (닫았던 방문을 도로 열고) 저거 말이냐?

잠든 복만흠 손에 쥔 작은 주머니.

엄순구   결혼식 박살 나던 날, 동희가 도다해 가방에서 찾았어.
             도다해가 글쎄 금고에서 반지를 훔쳤더라고.

귀주   예? 뭘 훔쳐요?? (목소리 커지자)

끄응 뒤척이는 복만흠. 손에 들린 주머니가 바닥으로 툭 떨어지고,
그 안에서 반지가 굴러 나와 데구르르르… 귀주 앞으로.

엄순구   (쉿!) 복씨 집안 반지.

귀주   (반지 집어 들고, 혼란스러운, 금고방으로)

엄순구   ?

S#48—복씨 저택 금고방 N

귀주 비밀번호 누르면 금고가 열린다.
금고 안에 역사가 묻어나는 가죽케이스가 놓여있다.

귀주   (케이스를 열면) ⋯⋯!

당연히 비었을 줄 알았던 케이스에 멀쩡히 들어 있는 반지!
손에 들고 있던 반지와 두 개를 나란히 비교해 보는데,
작은 흠집까지 완전히 똑같다!

귀주   (눈을 씻고 다시 봐도 똑같고) 도다해⋯ 도대체 무슨⋯?

Flashback⟩ 32씬
다해 "집에 있는 내 물건 아직 안 버렸지? 거기 나 구해준 사람 유품
이 있어.", "그분이 끼고 있던 반지."

현재⟩
완전히 똑같은 두 개의 반지를 내려다보는 귀주,

귀주E   도다해를 구해준 사람이 남긴 유품이 우리 집안 반지⋯?
            그렇다면⋯ 도다해를 구한 사람은, 정선배가 아니라⋯⋯?!

S#49—찜질방 뒷골목 N

뒷문을 열고 나오는 다해

다해	야간수당 받아야겠는데.
귀주	(눈앞에 불쑥 내미는 반지) 이거 맞아? 너 구해준 사람 물건.
다해	아, 찾았구나.
귀주	확실해? 너 구해준 사람이 너한테 이 반지를 줬다고? 얼굴 못 봤어?
다해	(뭐 때문에 그러지?) 얼굴에 뭘 썼던 것 같아. 연기를 마셔서 의식도 흐렸고… 근데 반지 끼워준 건 기억나. 꼭 가지고 있어 달라면서…
귀주	…!

S#50—복만흠 꿈/선재여고 5층 복도 (13년 전) D

짙은 안개가 뒤덮여 어딘지 분간할 수 없는 어둑한 실내 공간.
의식이 흐릿한 고등학생 다해 보이고,
누군가가 자기 손에서 반지를 빼서 다해 손가락에 끼워준다.
그 얼굴이 처음으로 드러나는데… 귀주다!
주위 상황이 하나둘씩 보이기 시작하면,
어딘지 모를 실내 공간은 선재여고였고,
주위에 불길과 연기가 자욱한 게 보인다.
흐리게 뒤덮였던 건 안개가 아니라 화재 연기였다!

S#51—복씨 저택 안방 N

허어어억!!!!!!!!!! 소스라쳐 잠에서 깨는 복만흠

복만흠   안개가 아니라 연기…….???

S#52—찜질방 뒷골목 N

귀주   어쩌지? 내가 널 구해야 할 것 같은데.
다해   …?
귀주   아무래도 나는, 오만한 초능력자라.
다해   …???

운명을 확인한 귀주. 영문 모르고 마주 보는 다해.

— 8부 끝 —

9부

히어로는
아닙니다만

S#1—복만흠 꿈/선재여고 5층 창고 (13년 전) D

짙은 안개가 뒤덮여 어딘지 분간할 수 없는 어둑한 실내 공간.
의식이 흐릿한 고등학생 다해 보이고,
누군가가 자기 손에서 반지를 빼서 다해 손가락에 끼워준다.
그 얼굴이 처음으로 드러나는데… 귀주다!
주위 상황이 하나둘씩 보이기 시작하면,
어딘지 모를 실내 공간은 선재여고 5층 창고였고,
창고 밖으로 불길과 연기가 자욱한 게 보인다.
흐리게 뒤덮였던 건 안개가 아니라 화재 연기였다!

S#2—복씨 저택 안방 N

허어어억!!!!!!!!!! 소스라쳐 잠에서 깨는 복만흠

S#3—복씨 저택 현관 N

귀주 안으로 들어오면

복만흠	(득달처럼 달려드는) 불이다!!!!!!
귀주	…?!
복만흠	(제정신이 아닌) 꿈에 온통 뒤덮였던 게 안개가 아니라 연기였어!
귀주	반지가 보였다던 꿈 말이죠?
복만흠	(끄덕) 도다해 옆에 있으면 안 된다! 불이 날 거야! 큰불이 일어날 거라고!!!

귀주	그 불이라면, 안심하세요. 오래전에 이미 꺼졌으니까.
복만흠	?
귀주	(복만흠 진정시키며 안방으로) 들어가세요.

S#4―복씨 저택 안방 N

귀주	(한쪽 주먹을 펴서, 반지 보여주는) 도다해가 가지고 있던 반지예요.

복만흠 반지 본다. 이게 무슨 상관이란 말인지?

복만흠	그래, 우리 집 금고에서 훔쳤지.
귀주	훔친 적 없어요.
복만흠	?
귀주	반지는 처음부터 쭉 금고에 들어 있었어요. (다른 쪽 주먹을 펴면, 똑같은 반지가 하나 더 나오는!)
복만흠	??!!
귀주	미세한 흠집까지, 완벽하게 똑같은 반지예요.
복만흠	그게 어떻게 가능해? 도다해가 무슨 수로 이걸 가지고 있어?
귀주	목숨을 구해준 사람한테 받았대요. 13년 전에.
복만흠	(13년 전??)
귀주	어머니가 꿈에서 본 불은, 선재여고 화재예요.
복만흠	그럴 리가? 꿈이 과거를 보여준 적은 없어!
귀주	도다해한텐 이미 일어난 일이지만, 나한텐 아직 일어나지 않은 미래니까요.
복만흠	(이게 다 무슨 소린지!)

귀주	내가 도다해를 구했고, 구할 거라는 뜻이에요.
복만흠	그러니까… 니가 그 불구덩이에서 도다해를 구할 운명이라는……?
귀주	안심하세요. 도다해 멀쩡하게 살아있잖아요. 무사히 빠져나올 거라는 확실한 증거예요.
복만흠	(그게 그렇게 되나…?)
귀주	지나간 일이에요. 불 다 꺼졌어요.

S#5—복씨 저택 귀주 방 N

완벽히 똑같은 두 개의 반지를 들여다보는 귀주.

귀주E	이 반지, 복씨 집안 반지야.

S#6—찜질방 뒷골목 (Flashback/8부 52씬 연결) N

귀주	(반지를 들어 보이며) 이 반지 끼워준 사람, 나라고.
다해	그거 내가 사기 친 거잖아.
귀주	사기 안 쳤어. 적어도 나한테는.
다해	……!!!

S#7—찜질방 다해 방 N

잠잠히 생각에 잠긴 다해.

다해E   그 사람이 미래에서 온 복귀주였다? 복귀주가 과거로 돌
        아가 날 구한다?

다해   아니, 왜…?

복만흠E 운명의 짝이라는 건가…?

S#8—복씨 저택 안방 N

복만흠 역시 생각이 많은 밤이다.
이리저리 뒤척거리며 머릿속에 끊임없이 울리는 목소리.

복만흠E 똑같은 반지가 두 개.
        (다해가 가지고 있던 반지 Insert〉) 도다해가 가지고 있었던
        반지가,
        (금고에 들어있던 반지 Insert〉) 미래에 귀주가 건넬 반지라고?
        결국, 미래에 귀주가 과거의 도다해를 구할 운명이다…?
        그 문도 결국은 도다해한테 가는 문이었고…?
        결혼식은 깨졌지만 둘의 관계는 끊어진 게 아니었어…
        13년 전부터 이미 시작된 운명…
        어쩌면… 어쩌면 정말로… 둘이서 손을 잡고 복씨 집안을
        일으킬 수도…?

문득 다해가 준 복권에 생각이 미친다.

복만흠   복권…!

벌떡 일어나 앉아 침대를 뒤지며 찾는다.

베개도 들추고 이불도 터는데 복권이 없다.
잘 때 분명히 손에 쥐고 있었는데?!

S#9—포차 N

초조한 얼굴로 포차로 들어서는 엄순구.
박사장이 혼자 소주를 마시며 기다리고 있다.

박사장　　늦은 주제에 양손이 너무 가볍네? 현찰 20억이 무거워서
　　　　　　늦나 했더니?

엄순구, 테이블에 가볍게 툭 올려놓는 복권 한 장.

엄순구　　1등. 23억.
박사장　　…?!

S#10—복씨 저택 거실 N

핸드폰 귀에 대고 엄순구를 찾는 복만흠. 엄순구는 연락 두절이고,
익명으로 전송되는 메시지.

복만흠　　……?!

뚫어지게 응시하는 복만흠. 내가 지금 뭘 본 건가?
그때, 현관 쪽에서 무거운 걸음으로 들어서는 엄순구.

엄순구	(흠칫) 여보…?
복만흠	…
엄순구	언제 깼어요…?
복만흠	…
엄순구	(복권 없어진 걸 알았나?) 뭘 그렇게 봐요…?

대꾸도 없이 핸드폰만 뚫어지게 보는 복만흠,
엄순구 앞쪽 소파에 툭 핸드폰 던지면,
엄순구와 신여사가 콜라텍에서 몸을 맞대고 춤을 추는 사진들인데…!

S#11—포차 N

유리컵 세 개에 폭탄주를 말아 돌리는 백일홍.
백일홍의 폭탄주를 받는 두 사람은 다름 아닌 신여사와 박사장이다!
셋이서 폭탄주 건배 짠!

신여사	(원샷 쭉! 크!) 오랜만에 언니랑 손발 맞추니까 옛날 생각나고 막 젊어지는 기분인 거 있지? 그치 오빠?
박사장	아니 근데, 이번에 잡은 호구 정체가 뭐야? 이런 걸 어디서 갑자기 구해왔대? 무슨 재주로? (1등 복권이 테이블에 올려져 있고)
백일홍	(싱긋, 그런 게 있어)
박사장	근데 이게 애매한 게 세금 빼면 약속한 20억에 못 미치거든.
백일홍	그러네. 애매하네. (싱긋)

S#12—복씨 저택 안방 N

복만흠 굳은 얼굴로 들어오면, 엄순구 뒤따라 들어오며

엄순구 춤만 춘 거예요! 건전하게! 술도 입에 안 댔다고요! 정말로
딱 춤만!

복만흠 내가 바본 줄 알아요? 춤만 췄는데 이런 사진이 나한테 왜
날아와?

엄순구 신여사 남편 그 나쁜 자식이…! 나도 협박당했어요! 나한테
돈은 돈대로 뜯어놓고 당신한테 그 사진을 보낸 거라구!

복만흠 돈도 뜯겼어요? 뜯길 돈이 어디 있어서?

엄순구 (우물쭈물)

복만흠 복권…? 당신이 가져갔어요??

엄순구 당신까지 더러운 꼴에 휘말리게 하고 싶지 않았어요. 평생
곱게 꿈만 꾸고 산 사람인데…

복만흠 여태 날 감쪽같이 속여 놓고! 어디 갸룩하게 위해주는 척은!

엄순구 취미생활을 숨긴 건 미안해요. 그런데 나, 평생을 당신 꿈
뒷바라지 했잖아. 나도 소박하게 내 꿈 하나쯤은 가져도
되는 거 아닌가? 그게 나빠요?

복만흠 언제부터예요?

엄순구 그렇게 오래되진…

복만흠 내가 꿈을 꾸지 못하게 된 다음부터?

엄순구 뭐 그렇다기 보단… (얼버무리는데)

복만흠 내가 꿈에서 당신을 못 보니까. 날 철저히 속일 수 있을 거
라고 생각했겠지. 그동안 난 당신 믿고 눈 감았는데. 눈을
떠도 감아도 암흑뿐이었지만, 자도 자는 게 아니고 깨도 깨
어있는 게 아닌 지옥 같은 불면의 밤에도… 그래도 나는

당신만 믿고 눈을 감았는데…!

엄순구   여보…

복만흠   내가 가장 취약해졌을 때 내 등에 칼을 꽂은 거야 당신!!!!!
(울부짖는)

엄순구   …

복만흠   …

엄순구   그래요, 솔직히 말하면 나, 늘 당신한테 일거수일투족을 다
들키는 기분이었어. 내 인생에 무슨 일이 벌어지든 나보다
당신이 먼저 알았지. 복씨 집안의 비밀을 짊어진 죄로 함부
로 외부인과 왕래하기도 조심스러웠고. 당신 손바닥 안이,
어떤 날은 좀 답답하기도 했다고…!

복만흠   나는 우리가 같은 꿈을 꾸는 줄 알고… 그런데 답답했다
고…? 그럼 놔줄게요.

엄순구   …! (보면)

복만흠   내 손바닥에서 나가요.

엄순구   (표정이 싹 사라지는 얼굴) 진심이에요?

빈 캐리어를 엄순구 앞에 내동댕이치듯 내미는 복만흠

복만흠   짐 싸요.

엄순구   (픽, 자조) 쌀 게 있어야 싸지.

복만흠   (보면)

엄순구   내가 왜 내 집에서 도둑질을 했겠어요? 내 명의로 된 건 단
돈 10원도 없으니까. (커다란 캐리어에 양말, 팬티 몇 장 툭툭
던져 넣고) 다 쌌네.

복만흠   …

엄순구   (가벼운 캐리어 덜렁 들고 나가버린다. 문 쿵…)

S#13—복씨 저택 거실 N

엄순구 캐리어 들고 나가려는데

이나　　할아버지?

엄순구　(멈칫)

이나　　어디 가요?

엄순구　(애써 표정 감추고) 으응, 잠깐 여행.

이나　　(이 밤중에 여행? 안경 내리고 엄순구 눈을 보면)

엄순구　(이나 머리 한번 쓰다듬으며 미안한 눈빛) 들어가 자. (돌아서고)

이나　　…! (여행이 아니라는 걸 알아채는데)

S#14—찜질방 D

노형태, 그레이스, 머리 맞대고 경이로운 무언가를 들여다보는

노형태　　오.

그레이스　오? 그게 다야? 눈부셔! 섹시해! 엄청 핫해! (살짝 만져보고)
　　　　　　앗 뜨거!

다해, 뭘 보고 저러나 싶어서 다가가 보면,
두 사람이 보고 있었던 건 1등 당첨 복권이다.

다해　　?! 이게 왜 여기…? (복권에 손 뻗는데)

백일홍　(탁! 가져가는) 왜? 낯이 익어?

다해　　!

백일홍	여사님이 길몽을 꿨나 했더니, 너랑 복귀주가 낳은 황금알 이었니?
다해	(어떻게 된 거지?)
백일홍	역시 우리 딸. 수고했다.
다해	역시 엄마. 대단하네. 어떻게 한 거야?
백일홍	엄마가 뭐랬어. 니가 흔들리면, 엄마가 꽈악! 붙잡아 준다 고 했잖아. (뛰어봤자 넌 내 손바닥 안에서 못 벗어나!)
다혜	…!

S#15—복씨 저택 안방 D

엄순구가 떠난 휑한 방.
뜬눈으로 밤샌 복만흠 오도카니… 얼굴이 말이 아니다.

S#16—복씨 저택 주방 D

엄순구가 자리를 비운 주방.
음료가 말라붙은 컵, 먹다 남긴 음식에 날파리가 웽-
동희, 허기진 배를 안고 주방을 뒤진다.

귀주	(주방으로 들어오는) 아버진?
복동희	(별로 신경도 안 쓰는) 여행 갔다잖아.
귀주	어머니도 없이 혼자…? (이럴 분이 아닌데… 걱정되는데)
복동희	(냉장고 들여다보면서 전화 받는) 지한씨? 아 그럼! 준비됐지! 걱정 말고 이따 봐. (전화 끊고 냉장고 쪽 보며) 먹을 게 하나도

없어? (닫고) 오히려 좋아! 공복 유산소로 붓기 쫙 빼고 나가
야지! (나가면)

이나　(학교 가려고 교복 차림, 주방 밖에서 지나가며) 여행 간 거 아
니에요.

귀주　! (돌아보고) 그럼…?

이나　(뭔가 아는 얼굴, 말없이 가고)

귀주　…?

S#17―공원 D

다해　엄마한테 당한 거야.

자초지종을 듣고 굳어선 귀주

다해　돈은 돈대로 털고, 그나마 복씨 집안을 떠받치던 기둥 같
은 존재도 제거한 거지. 이제 알겠어? 날 구한답시고 가족
들을 어떤 위험에 처하게 했는지?

귀주　…

다해　누님도, 심지어 이나도, 엄마가 그리는 그림 안에 있어.

귀주　…!

다해　이래도 날 구할 거야?

귀주　그 복권이 왜 우리 집에 있었는데? 빚 갚고 거기서 나왔어
야지!

다해　엄마가 놔주겠어? 우리를 묶어두면 황금알이 쏟아지는 걸
알아버렸는데? 우리가 같이 있는 한 귀주씨도 가족들도
안 놔줄 거야.

119

귀주	…
다해	그런데도 과거로 돌아가서 날 구한다고? 왜?
	나한테 복씨 집안 반지를 끼워준다고? 아니! 그럴 이유 없어.
귀주	그치만… (반지라는 분명한 증거가 있는데)
다해	(자르고) 비슷한 반지겠지. 다른 건 기억 못 해도 그 사람 목
	뒤에 붉은 반점은 기억나. 나 구해준 사람 복귀주 아니야.
귀주	…
다해	구해야 할 건 내가 아니라 귀주씨 가족이야.
	아버지는 시작에 불과해.
귀주	(보면)
다해	엄마가 정말로 노린 건 아버지가 아니야. 목표를 파고들 틈
	새를 확보했을 뿐이지. 진짜 목표는 예지몽으로 황금알을
	낳아줄, 복여사님이야.
귀주	…!

S#18—한정식집 룸 D

고통스럽게 일그러진 복만흠 얼굴.
심한 고문이라도 당하는 것처럼 괴로워하는데 화면 뒤로 빠지면
그 앞에는 상다리 부러지게 기름진 한정식이 차려졌고,
밥상 너머에는 동희와 조지한이 앉았다.
조지한이 한껏 상체를 앞으로 기울이고 아첨 섞인 눈웃음으로 뭐라고
열심히 떠들어대는데 복만흠 귀에는 하나도 안 들어온다.

복동희	엄마? 엄마? 듣고 있어요?
복만흠	(관자놀이를 짚고) 골치가 빠개지는 것 같네…

복동희	지한씨가 아무래도 전문가다 보니까 말을 좀 어렵게 했나 보다.
조지한	내가 너무 깊이 들어갔나? 간결하게 정리하면, 아름다움을 원하는 소비자 시장을 통합적으로 인식하고 미래지향적인 휴먼 감성 기반의…
복만흠	(뭐라는 건지?)
복동희	쉽게 말해서, 한 건물 안에 성형외과는 물론이고, 뷰티, 스파, 운동, 식단까지 예뻐지기 위해 필요한 모든 서비스를…
복만흠	(코웃음으로 자르고) 다 때려 넣겠다?
조지한	(때려 넣다니) 조금 다른 말로 스마트 케어 창의 융합형 서비슨데요…
복만흠	그렇게 거창한 사업을 어디다 펼치려고?
조지한	(500억 건물 물려받는 거 아니었어? 복동희 힐끗)
복동희	(눈치) 엄마? 헬스장 건물. 결혼하면 준다며?
복만흠	(조지한 흘끗) 한눈팔았다며? 그레이슨지 제니펀지?
조지한	예? (동희 보면)
복동희	(조지한과 그레이스를 호텔에서 봤다는 건 여전히 모르는 척 묻어둔)
조지한	누구…? (간신히 기억난 척) 아 그레이스? 병원 홍보차 몇 번 본 건데…
복만흠	(자르고) 우리 집안에 대물림되는 내력에 대해선 들었고?
조지한	내력? 무슨… 유전이라도…? (설마 희귀난치병 같은 건가?)
복만흠	그 정도 신뢰도 못 쌓았고? 평생 같은 꿈을 꾸는 줄 알았던 사람도 알고 보니 동상이몽인데. 이건 뭐 안팎으로 사방이 사기꾼이네.
조지한	(사기꾼?) 제가…요?
복동희	지한씨, 먼저 나가 있어.

조지한 모멸감에 귀까지 시뻘게져서 밖으로 나가면

복동희	엄마! 좀 너무하네?
복만흠	니 아빠 하나로 충분히 골이 빠개지는데, 너까지 보태야겠어?
복동희	아빠가 뭐? 아아, 그냥 여행이 아니구나? 하긴, 아빠도 얼마나 숨이 쉬고 싶었겠어! 난 이백 프로 이해한다!
복만흠	뭐어?
복동희	엄마 꿈에 온 집안 식구들이 휘둘리는 거, 엄마만 몰라? 나도 여태 엄마가 꿈꾸는 대로만 살았잖아. 내 꿈도 버리고.
복만흠	나 때문에 꿈을 버려?
복동희	잊어버렸어? 엄마 꿈이 날 어떻게 주저앉혔는지…?
복만흠	…
복동희	얌전히 결혼하라며? 잘난 전통 이을 손주 낳으라며? 그 시대착오적인 꿈 내가 이뤄주겠다는데 왜 갑자기 말이 바뀌어? 500억 준다며! 그래서 죽어라 굶고 뛰고 온몸을 쥐어짰어! 이렇게 살도 뺐잖아! 안 보여?
복만흠	살… 빠졌니?
복동희	(허…!) 엄마 눈엔 안 보이는구나… 내가…
복만흠	동희야… (송곳으로 관자놀이를 찌르는 듯한 통증!)
복동희	엄마 꿈 이뤄줄게. 그렇게 바라시는 대로 나도 내 가정을 이룰 거야. 그래야 엄마한테서 벗어나니까.
복만흠	…! 뭐…?
복동희	엄마도 약속은 지켜요. 500억. (일어나서 가버린다)
복만흠	(빠개지는 머리를 괴롭게 감싸고)

S#19—한정식집 입구 D

복만흠 아픈 머리를 감싸 쥐고 비슬비슬 나가려는데

한정식	(카운터에서) 계산 안하셨는데요.
복만흠	(사기꾼 같은 놈이 계산도 안 하고 갔어? 카드 내밀고)
한정식	(갸웃) 결제가 안 되는데요… 다른 카드 없으세요?
복만흠	(지갑 뒤지는데 또 깨질듯한 두통)

그때, 대신 카드를 내미는 손.

백일홍	우선 이걸로.
복만흠	…?!
백일홍	여기서 뵙네요? 나는 여기서 계모임이 있어서.
	아이고… 또 못 주무셨구나? 낯빛이 말이 아니네…
	괜찮으세요?
복만흠	(쓰러질 듯 위태롭게 겨우 백일홍 쳐다보는 데서)

S#20—복씨 저택 D

귀주	어머니! 어머니!

불길할 정도로 적막한 집안.
핸드폰 귀에 대고 집안 곳곳을 돌아다니며 복만흠을 찾는 귀주.
복만흠은 전화를 받지 않는데.

S#21—복씨 저택 안방 D

귀주 안방으로 들어와 보면

엄순구의 손길이 닿지 않은 구겨지고 눅눅해진 베개와 침구.
서랍에서 비어져 나온 무언가가 눈에 들어와서 보면,
각종 연체 독촉 고지서들이다. 복만흠 혼자서 짊어져야 했을 무게.
집안의 형편에 너무 무심했던 귀주.

S#22—복씨 저택 주방 쪽방 D

엄순구의 개인 공간도 들여다보는 귀주.
엄순구에게 전화를 걸어보지만, 전원 꺼져있다.
아버지가 어디로 사라졌는지 단서를 찾을 수 있을까 싶어 살펴보는데,
수납함을 열어 보고 멈칫!
엄순구가 콜라텍에 입고 다니던 화려한 옷들이 쫙 걸려 있다!
재킷 주머니에서 콜라텍 명함이 나오고

귀주   …! (가족이라면서 너무 아무것도 몰랐구나)

S#23—중학교 복도 D

복도를 걸어오는 이나. 묘한 공기가 느껴진다.
평소와 다르게 이나에게 쏠리는 시선들. 손가락질하며 속닥거리는
소리.

이나   …?

투명인간이었던 이나에게 갑자기 쏠리는 달갑지 않은 관심.

안경을 단단히 고쳐 쓰고 눈 마주치지 않으려고 고개 푹 숙이고 빠른 걸음으로 교실로 들어가려는데,

코앞에서 확 닫혀버리는 문에 이마를 쿵! 찧는다.

충격으로 안경도 구겨져 떨어지고.

복도에서 이나를 흘낏거리던 아이들 와르르 터지는 웃음.

학생1, 이나를 보고도 일부러 문을 닫아버렸다.

복도에 있던 혜림, 그걸 보고도 가만히 외면해 버리고

학생1	(문 다시 열고, 실수인 척 오버하는) 아 미안! 못 봤어! 괜찮아?
이나	(떨어진 안경 주워서 보면, 다리 하나가 부러졌고) …!
댄스부1	조심 좀 하지. 또 급발진하면 어쩌려고? 얘 혜림이한테도 급발진했잖아.
학생1	진짜? 아우 무서워라. 조폭같이 생긴 아저씨가 뒤도 봐주는데.

"조폭을 어떻게 알아?", "혹시 아빠?", "뭐? 급발진녀 조폭 딸이래?"

쏟아지는 시선에 당황한 이나, 돌아서서 도망치려는데

혜림	(붙잡는) 어디 가? (정의로운 척) 장난 그만해! 패드립은 좀 아니지!
이나	(안경 없이 혜림과 눈 맞추고 싶지 않다! 도망가려고 확 뿌리치는데)
혜림	아!! (손등에 긁힌 상처…!)

"헉!!! 또 나왔다 급발진!!!", "급발진 장난 없네!!!", "조폭 패밀리 클라스!!!", "와 투명인간 반전 개소름!!!", "혜림아! 괜찮아?"

우르르 다가와 노골적으로 조롱하는 시선들.

이나, 그대로 달아나 버리고

S#24—복씨 저택 D

귀주 핸드폰 울리고

귀주　　(어머니나 아버진가 싶어 얼른 받는) 여보세요? (얼굴 굳고) !!!
　　　　예? 이나가 없어져요…?

S#25—중학교 상담실 D

담임을 찾아가 앉아있는 귀주

귀주　　학폭이 맞는 거죠?
김선생　다툼은 좀 있었던 모양인데 (긁적) 이나가 가해자 쪽이라…
귀주　　(말도 안 돼!) 예??
김선생　이나가 좀 공격적인 행동을 했더라고요. 혜림이를 밀치고
　　　　할퀴고…
귀주　　이유가 있었겠죠.
김선생　혜림인 그냥 마라탕 먹자고 했대요. 이나가 좋아한다고.
　　　　또 오늘은 장난치는 애들을 오히려 말려줬고요.
귀주　　(이나가 왜 그런…?!)

S#26—찜질방 밖 뒷골목 D

찜질방으로 찾아와 있는 귀주

다해   (뒷문으로 다급히 나오는) 이나가 없어졌다고?

귀주   학교에서 말도 없이 무단이탈 했다는데… 여기 안 왔어?

다해   안 왔는데…

귀주   (무슨 일 생긴 건가!) 핸드폰도 꺼져있고.

뒤쪽에서 툭 끼어드는 노형태.

노형태   깨졌어.

귀주/다해 ?

노형태   꺼진 게 아니라 깨진 거라고, 핸드폰.

귀주   (그걸 어떻게 알지?)

다해   지난번엔 안경, 이번엔 핸드폰이 망가진 거야?

귀주   역시 괴롭힘당하는 건가…?

노형태   갈만한 곳. 몇 군데 알긴 아는데.

귀주   (보면)

S#27—테이크아웃 카페 D

테이크아웃 카페로 안내하는 노형태.

다해   (카페 알바생에 폰으로 이나 사진 보여주며) 이 학생 못 보셨어요?

노형태   이나는 아샷추 좋아해.

귀주   ? 아…추? (그게 뭐지?)

다해   아이스티에 에스프레소샷 추가.

귀주   어린애가 그런 카페인을? 어른 흉내 내기 좋아하는 애들이랑 어울렸나?

노형태   (고개 젓고) 주로 혼자.

귀주   …!

귀주 상상〉

카페 구석에서 혼자 음료 마시는 이나 보인다.

S#28—편의점 D

편의점으로 안내하는 노형태.

귀주   (나도 들은 게 있다) 애들이랑 마라탕 먹으러 다닌 것 같던데.

노형태   혼밥엔 컵라면이지.

귀주   혼밥…?

다해   혼자 밥 먹는 거. 그건 알지? (편의점 알바생에게) 이 학생 안 왔나요?

귀주   (노형태 흘끗 노려보는) 애 미행을 얼마나 한 건가?

노형태   아빠 주제에 아는 게 너무 없는 거 아니고?

귀주   …

귀주 상상〉

편의점 구석에서 혼자 컵라면 먹는 이나 보인다.

S#29—공원 D

공원으로 안내하는 노형태.

산책하고, 공놀이하고, 자전거 타는 사람들. 모두 가족 친구들과 함께다.

귀주　　이나는 여기 오면 뭐 하는데요? 자전거라도 타나?

노형태　이나는 탈 줄 몰라. 두발자전거. (그것도 몰랐나?)

귀주　　(몰랐다)

다해　　(이나에게 느끼는 동질감)

귀주　　(아빠가 돼서 두발자전거도 안 가르쳐줬구나…)

노형태　핸드폰 봐. 혼자.

귀주 상상〉

한쪽 벤치에 혼자서 핸드폰 들여다보는 이나 보인다.

구부정하게 수그린 어깨, 핸드폰에 바짝 파묻은 얼굴.

귀주　　(이나는 이렇게 쭉 혼자였구나…)

다해　　핸드폰으로 숨는 거야. 사람들 눈 피해서. 아마 지금도 혼자
　　　　　　어디 숨어 있을 거야.

노형태　갈만한 곳은 이게 단데…

귀주　　(점점 더 불안해지고) 찜질방 여사님이 어떻게 한 건 아니겠지…?

노형태　… (설마 싶지만, 절대 아니라고는 말 못 하는)

다해　　찜질방 한 번 더 확인해볼게. (노형태와 가면서) 귀주씨는 집
　　　　　　으로 가 봐. 집에 와 있을 수도 있으니까.

S#30—찜질방 D

이나가 와있나 싶어 찜질방 이곳저곳을 살피는 다해.

수면실 쪽으로 다가가는데, 그 앞을 가로막고 서는 백일홍.

백일홍	쉿!
다해	안에 누구 있어?
백일홍	귀한 손님.
다해	설마 엄마였어? 어디서 데려왔어?
백일홍	길 가다 주웠어.
다해	무슨 짓을 하려고! (어린애한테!)
백일홍	그냥 좀 재웠어.
다해	재워???
백일홍	쉬이잇! (속닥) 겨우 잠들었다고.
다해	비켜!

백일홍을 밀치고 수면실 문을 열어젖히면,
어둑한 수면실 바닥에 파리한 얼굴로 죽은 듯이 잠든 복만흠.

다해	(이나가 아니라 복여사님이었어?!)
백일홍	(수면실 문 도로 닫으면)
다해	여사님이 왜 여기서…? 자는 거… 맞아?
백일홍	극심한 수면 부족에 아주 위험한 상태였어. 병원 가자는데도 병원 가면 약 먹인다고 죽어도 싫다잖아.
다해	엄마가 약 먹인 거 아니고?
백일홍	(싱긋) 내 기억에 약은 니가 먹였는데?
다해	…
백일홍	엄만 도다해 복귀주 두 사람 행복을 진심으로 바란다니까. 그래서 모셨어. 친해지려고.
다해	…
백일홍	철없는 딸년이 엄마의 깊은 속을 알겠어? 황금알을 복씨네로 빼돌리기나 하고.

다해	그 복권, 복귀주가 나한테 빚 갚으라고 준 거였어.
	바로 엄마 떠나버릴 수도 있었다고.
백일홍	왜 안 그랬는데?
다해	그래도 엄마라고 불렀던 시간 때문에…
백일홍	…!
다해	엄만 내가 돈 때문에 붙잡혀 있는 줄 알았지? 아니야.
	나 붙잡혀 있었던 적 없어, 내가 옆에 있어 줬던 거지.
백일홍	(허) 니가?
다해	불쌍해서.
백일홍	(누가?) 내가?
다해	돈으로 찍어눌러서라도 날 옆에 두려고 하는 게, 날 옆에
	둘 방법이 그렇게 숨통 틀어쥐는 거 말고는 없다고 믿는
	게, 딱하더라고. 죽은 딸이 오죽 가슴에 맺혔으면 그렇게까
	지 날 옆에 두려고 할까?
백일홍	…!
다해	그래서 같이 있어 줬어. 엄마라고도 불러주고.
	어쩔 땐 진짜 엄마 같기도 했어. 엄마도 날 딸처럼, 적어도
	딸 대신으로는 생각하는 줄 알았어.
백일홍	…
다해	근데 엄마는 아니었나 봐.
백일홍	(보면)
다해	같이 있고 싶어서 찍어누른 게 아니라 그냥 날 밟고 싶었
	던 거네. 난 우리가 같이 있는 줄 알았는데, 엄만 나랑 싸
	우고 있었던 거야.
	그렇게 날 이기고 싶었어?
백일홍	…
다해	알았어. 엄마가 원하는 게 그거면, 싸우자.

백일홍	…!
다해	나도 이제 엄마 딸 안 해.
백일홍	(가슴에 비수로 꽂히는) 안 하면…?

백일홍을 등지고 돌아서는 다해

백일홍	(감히 나를 등져?) 도다해!!!
다해	(가고)
백일홍	저 방에 누워있는 손님이 어떻게 되든 상관없어?
다해	(우뚝 멈추고, 돌아보더니) 복씨들한테 손만 대.
	그동안 엄마한테 배운 것들로 갚아줄게. 그중에 가장 잔인
	한 걸로.

지금껏 본 적 없던 서슬 퍼런 다해의 기세에 백일홍마저 주춤한다.
저쪽에서 노형태와 그레이스도 기에 눌려 숨죽이고 지켜보고

백일홍	니가 어떻게…!
다해	잘 가르쳐주신 덕분에. (그대로 돌아서면)
백일홍	형태야!!!

백일홍의 고함에 노형태 일단 하는 수 없이 다해 앞을 막아서지만,
다해의 눈짓 한 번에 순순히 길을 터준다.

백일홍	뭐하고 섰어!!!
노형태	(그냥 보내주자…)
그레이스	(이렇게 이별인가…?)

다해, 노형태와 그레이스에게 짧은 눈인사를 남기고,
붉으락푸르락 백일홍을 뒤로 하고 떠난다.
그리고… 수면실에 죽은 듯 누워있던 복만흠, 조용히 눈을 뜨는데

복만흠　　…

S#31—찜질방 밖 D

찜질방을 빠져나오는 다해, 잠시 멈춰서 찜질방을 한 번 돌아본다.
무거운 발걸음을 내딛고

S#32—거리 D

여러 감정을 누른 채 담담한 얼굴로 걷는 다해

S#33—복씨 저택 이나 방 D

귀주, 이나가 늘 숨어 있던 방 안쪽 구석을 들여다보면,

귀주 상상〉
어두운 구석에 틀어박혀 핸드폰 들여다보는 이나.
핸드폰 불빛에 무표정한 이나 얼굴만 푸르스름하게 떠 있다가 사라
진다.

귀주 마음이 아프다. 이렇게 늘 혼자 숨어 있었구나…
이나의 행방을 알 수 있을까 싶어 책상을 뒤져 보면,
서랍에서 박살 난 핸드폰이 나온다.
망가졌다고 왜 말 안 했을까? 다치진 않았을까? 점점 더 미치겠는데…
인기척에 돌아보면 다해가 와 있다.

다해   문이 열려 있어서… (귀주가 정신없이 열어둔) 이나는?

귀주   집에도 안 왔어. 곧 해도 지는데…

다해   과거로 돌아가 봤어?

귀주   이나가 없어진 시간대에 우리가 같이 있지 않아서.

다해   다른 시간에서 단서라도 찾아보든가. 이나하고 보낸 시간
         으로는? 아직도 못 돌아가?

귀주   (자책하듯 고개 젓고) 이나랑 보낸 시간 자체가 별로 없기도
         하고.

다해   …

귀주   나도 돌아가서 들여다보고 싶은데… 이나가 혼자 뭘 견디
         고 있는 건지… 왜 숨었는지…

귀주, 작은 실마리라도 찾아보려고 책상을 계속 살펴보다가
달력을 건드려 툭 떨어진다. 바닥에 떨어져 몇 장 넘어간 달력.

귀주   …?!

다해도 보면, 볼펜으로 시커멓게 칠해진 어느 날짜.
펜으로 난도질당해 가운데 구멍까지 뚫렸다.

다해   (다해도 기억하는 날이다) 이날은…?

134

귀주	이나 생일.
다해	…
귀주	…
다해	더 분명해졌지? 복귀주가 정말 구해야 하는 사람.

돌아서는 다해. 돌아서자마자 그 자리에 우뚝 멈춘다.
뭘 봤는지 놀란 눈으로 허공을 응시하고

귀주	왜 그래?
다해	왔어…!
귀주	(미래에서?) 나?
다해	이나 학교에 있대! 체육관! 서둘러야 한대! 빨리!
귀주	! (쏜살같이 뛰어나가고)
다해	(뒤따라 나가려다 뭔가 마음에 걸리는지 잠시 멈춰서 뒤돌아본다. 허공을 응시하는 눈동자 왠지 모르게 흔들리는데…)

S#34—중학교 체육관/창고 N

체육관 안에 딸린 창고.
그 구석에 쌓인 매트리스 더미에 몸을 숨긴 이나.
부러진 안경다리에 테이프가 돌돌 말려 있고,
숨어 있다가 깜빡 잠이 들었던 모양이다.
체육관에서 들려오는 소리에 잠에서 깨면,
혜림과 댄스부 아이들이 음악 틀어놓고 간식 먹으며 수다 떨고 있다.

댄스부1	야 너네 준우가 왜 댄스 동아리 탈퇴한 줄 알아?

댄스부2	엄마가 공부나 하랬다매.
댄스부1	비밀인데… 우리 중 한 사람한테 고백했다가 까였대!
이나	… (조금 열려 있는 창고 문틈으로 듣는)
댄스부2	리얼?? 누구??
댄스부1	누구겠냐?

댄스부 아이들 시선 한꺼번에 혜림에게 꽂힌다.

혜림	나 아니야.
댄스부2	준우 정도 되는 급이 좋아할 애가 혜림이 말고 누가 있어?
혜림	(남의 속도 모르고… 쓴웃음)
댄스부3	어쩐지 걔 요즘 엄청 다크해졌더라!
댄스부1	나쁜 년! 우리 준우 얼마나 상처 준 거야?
댄스부2	준우 없이 어떻게 공연하라고!
댄스부들	("폭망이야!", "그냥 하지 말자!", "접어접어!")
혜림	…

공연에 진심이었던 혜림. 상황을 이렇게 만든 이나가 원망스럽다.
문득 열려 있는 창고 문틈에 시선 주는 혜림.
갸웃? 안에 누가 있나…?

S#35—중학교 체육관 밖 N

댄스부 아이들 재잘거리며 체육관을 나오고,
혜림이 마지막으로 나오면서 흘끗 뒤를 돌아본다.
손등에 난 할퀸 상처 한번 보더니 확 돌아서 버리는.

S#36—중학교 체육관 창고 N

구석에 숨어 있던 이나 '다들 갔나?' 바깥이 조용해지기를 기다렸다가
일어나 나가려는데, 조금 열려 있었던 창고 문이 닫혀있다.
밀어도 당겨도 꿈쩍 않는 문. 밖에서 걸쇠가 걸렸다!

이나   ……!!!

이나 눈앞이 캄캄해진다.

이나   밖에 누구 없어요…? 혜림아…? 거기 있어…? 나 여기 있
        는데… 나… 여기 있는데…

S#37—중학교 N

숨 가쁘게 뛰어오는 귀주와 다해

S#38—중학교 체육관 밖/안 N

귀주 체육관으로 달려오는데 출입구가 잠겨 있다.

귀주   복이나!!!

안에선 아무런 대답이 없다.
굳게 잠긴 문을 두드리고 흔들고, 몸을 부딪치는 귀주

귀주　　　아빠야!!! 아빠 왔어!!!

귀주를 비추는 손전등 불빛.
다해가 순찰 중이던 학교 보안관을 데리고 뛰어왔다.

보안관　　(부랴부랴 열쇠 찾으며) 아무도 없는 거 확인하고 잠갔는데…

문 열고 다급히 뛰어 들어와서 보면 아무도 없고.

보안관　　봐요. 아무도 없잖아요.
다해　　　저기! (창고 가리키면)

귀주 달려가 창고 문을 열어젖힌다.
온몸에 식은땀에 젖은 채 구석에 웅크린 이나.

이나　　　아빠…?

달려가 와락 이나를 끌어안는 귀주.
과거의 상처가 떠올라 먹먹해지는 다해.
학교 보안관의 손전등 불빛이 어지럽게 비추고.

S#39—마라탕 가게 N

주로 십대 학생들끼리 삼삼오오 먹으러 와 있는 마라탕 가게.
그 한복판에 귀주, 다해, 이나가 어색하게 앉았다.
다리에 테이프 돌돌 말린 안경을 쓴 이나.

셋 다 손도 안 대고 식어가는 마라탕.

귀주	왜 거기 있었어?
이나	…
귀주	누가 그랬어?
이나	…
귀주	말해봐! 학교에서 무슨 일 있었던 거야?
이나	… 학교 안 다니면 안 돼요?
귀주	뭐? 대체 왜!
이나	눈이 너무 많아서.
귀주	눈? (눈이 뭐 어쨌다고?)
다해	(다해만 알아듣고)
이나	(더 얘기하고 싶지 않다. 화장실로 달아나고)
귀주	복이나! (따라가고)

S#40—여자화장실 밖 N

이나, 여자화장실로 들어가 숨어버리고

귀주	(입구에서) 복이나! 대체 무슨 일인데? 어? 사람들 눈이 왜? 뭐가 무서운데? 학교에서 그것들이 너한테 어떻게 했길래 눈도 못 마주치는데!! 어?? (문 두드리며) 나와!!! 나와서 얘기해!!!
다해	(가만히 붙잡아 말리고, 내가 들어가 볼게)

S#41—여자화장실 안 N

다해 안으로 들어와서 보면, 이나 거울 앞에 우두커니 섰다.

이나   아줌마 때문이에요.

다해   나?

이나   그냥 쭉 투명인간으로 있는 게 나았는데.

다해   친구 마음 읽었구나?

이나   마음에 들려고… 마음이 통하는 친구가 되려고…
         근데 뭐가 잘못된 건지 모르겠어요.

다해   니 마음은 어떤데?

이나   …

다해   말 안 해도 니 마음 알아주는 사람은 없어. 딴사람들은 너
         같은 초능력 없거든.

이나   나도 내 마음을 모르겠는데요?

다해   다른 사람 마음은 다 들여다보면서 정작 니 마음은 몰라?

이나   (거울 속 자신을 물끄러미) 내 눈 보면, 내 마음도 알 수 있을
         까 하고… 근데 아무것도 안 들려요.

다해   (안쓰러운) …

이나   …

다해   나도 투명인간이었어.

이나   (보면)

다해   고등학교 때 창고에 갇혀있었어. 아무도 내가 거기 있는 걸
         몰랐어. 그런데 밖에 불이 난 거야.

이나   …!

다해   투명인간에 어울리는 최후. 아무도 모르게 사라지겠구나.
         그런데, 어떤 사람이 불길을 뚫고 날 찾아줬어.

투명한 줄 알았던 나한테도 색이 있었더라고.

이나   …

다해   …

이나   누구였어요? 찾아준 사람.

다해   글쎄… (대답을 흐리고) 확실한 건,

이나   (보면)

다해   너한테도 있어. 불길을 뚫고라도 찾아줄 사람.

이나   …

다해   널 찾아온 사람을 너무 두려워하지는 마. 니가 들은 건 여러 겹의 마음 중에서 아주 작은 조각일 수도 있어. 잠깐 지나가는 기분 같은 거.

이나   … 근데 진짜예요?

다해   뭐가?

이나   불…

다해   사기 칠 때 내 필살기. 어때? 통했지?

이나   (피식)

S#42—여자화장실 밖 N

다해 먼저 밖으로 나오면

귀주   뭐래? 어떤 놈이래?

다해   너무 다그치지 마. 아무것도 묻지 말고, 차라리 그냥 눈만 좀 봐.

귀주   눈?

다해   아무 말 말고, 가만히 눈을 맞춰보라고.

귀주   …?

S#43—공원 N

벤치에 구부정하게 앉은 이나.
이나에게 테이크아웃 음료를 내미는 손.

귀주 아…추.
이나 (뭐래?) 아샷추.
귀주 마셔. (내밀고)
이나 됐어요.
귀주 받아. (내미는데)
이나 됐어요. 밤에 무슨 카페인… (툭 밀쳐내면)

음료 그만 이나 쪽으로 왈칵 쏟아지는!

이나 아…!
귀주 아…!

잘해보려고 할수록 어째 더 꼬인다.
당황한 귀주 허둥지둥 자기 옷으로 닦아주고

귀주 (안경에도 음료가 튄 걸 보고) 닦아줄게. (안경 확 벗기면)
이나 (버럭) 아 됐어요!

이나가 짜증을 내자 귀주 얼굴도 굳는다.
아무 말도 없이 화난 얼굴로 이나를 노려본다.
아빠가 정말로 화났나 싶어서 이나도 슬쩍 긴장한다.
뭐라고 쓴소리 한마디 하겠다 싶어서 기다리는데,

그런데 귀주는 아무 말이 없다.

뭐지…?

이나, 눈을 들어 귀주를 보면,

눈 맞추는 아빠와 딸.

귀주 얼굴은 잔뜩 화가 나서 굳어있는데,

이나에게 들리는 귀주의 속마음은…

귀주E   미안해.

이나   …?

귀주E   너 혼자 둬서.

이나   …

귀주E   무서웠지?

이나   …

귀주E   외로웠지?

이나   …

귀주E   지금이라도 같이 있고 싶어.

이나   … (눈물 핑)

귀주E   너한테 어떻게 다가갈지 아빠도 어색해. 모르겠고. 그래도 노력할게. 지금부터라도 너하고 같이 시간을 보낼 거야.

이나   이제 와서…?

귀주E   니가 태어난 날, 그 시간도 꼭 되찾을 거야.

이나   뭐 하러…?

귀주E   너를 처음 품에 안은 시간은, 내 생애 최고의 시간이니까.

이나   최악의 시간이겠지…

귀주   ……?! 복이나… 너…?

이나   그 시간이 아빠 잡아먹었잖아요.

귀주E   설마… 들려…? 들리는 거야…??

이나	들려요.
귀주	!!! 너… 뭐야… 어떻게 하는 거야…?
이나	눈.
귀주	눈…? 그래서 눈을 피한 거야…? 아니, 언제부터…? 왜 숨겼어…? 능력이 있다는 걸 왜 말 안 했어…???
이나	없어졌으면 좋겠으니까.
귀주	…?
이나	아빠 잡아먹은 시간이… 결국은 엄마도 잡아먹었으니까…

S#44—달리는 자동차 안 (7년 전) D

(1부 57씬, 3부 18씬, 7부 18씬 연결)

세연	이나야, 우리 예쁜 집으로 이사 갈까?
6세 이나	아빠는?
세연	아빠는 같이 못 가.

자동차 룸미러에 비쳤던 엄마(세연)의 눈.
거울을 통해 어린 이나와 눈이 마주치고,

세연E	(속마음) 하필 그날 니가 태어나버리는 바람에…!
6세 이나	내가 태어나는 바람에?
세연	어…?? (들었어???)
6세 이나	내가 태어난 게 잘못한 거야…?
세연	(당황) 이나야…!

세연, 너무 놀라 운전 중인 것도 잊고 뒤를 돌아본다.
그 순간 터널 밖으로 자동차 빠져나가며 확 밝아지고
(E) 끼이이이이이익---!!!

S#45—공원 (현재) N

이나   내 잘못이에요. 마음에 뭘 숨겼든 그게 잘못은 아닌데…
        엄마도… 친구도… 들키기 싫었을 텐데…
        근데 내가 들어버리는 바람에… 괴물 같은 내가…
        (왈칵 쏟아지는 눈물) 하필 내가 태어나는 바람에…!
귀주   아니야! 아니야 이나야! (와락 끌어안고) 너 때문이 아니야!

어린 이나가 혼자 오래 감당했을 상처에 마음이 무너져 내리는 귀주.
어떤 말도 쉽게 나오지 않는다.

귀주   (이나를 안고 떨리는 목소리) 어떻게… 너 혼자… 그런 마음
        으로 여태… 아빠 때문이야… 미안해… 아빠가 아무것도
        몰랐어… 니가 태어난 시간은… 아빠한테는 그 시간이…
        얼마나… 얼마나…!

귀주 입을 다물고 젖은 눈으로 이나와 눈을 맞춘다.
니가 태어난 시간이 얼마나 소중했는지, 얼마나 되찾고 싶은 행복인지.
눈으로 전하는 둘만 아는 진심.
이나, 아이처럼 울음을 터뜨린다.
누르고 감췄던 마음이 처음으로 주체할 수 없이 흘러넘친다.
이나를 꽉 끌어안고 뜨거운 눈물을 흘리는 귀주.

조금 떨어진 곳에서 그 모습을 지켜보는 다해.
다해도 조용히 눈물을 닦는다.

S#46—찜질방 다해 방 N

다해가 떠난 방에 서 있는 백일홍.

다해E　　나도 이제 엄마 딸 안 해.

백일홍　　…

그레이스　엄마, 내가 있잖아! (애교 피우며 다가와 딴에는 위로하는데)

백일홍　　(눈길도 안 주는)

그레이스　이참에 주연배우 갈아치우는 거지! 장르도 청승맞게 신파 그만하고 섹시로 가보자 응? 우리 복덩어리도 살 제법 빠졌다? 내가 그 언니 기름기 쫙 걷어내고 웨딩드레스 이쁘게 입혀서 500억 물어올게! 그럼 되잖아!

백일홍　　(건조하게) 되겠니?

그레이스　어…? (나한텐 아무 기대도 안 하는 거야?)

백일홍　　(방을 나서는데)

노형태　　(문밖에서) 복여사님 깼어.

S#47—찜질방 수면실 N

복만흠 흐트러진 머리를 매만지며 단정히 앉았고

백일홍　　과연 배포가 크셔. 사기꾼 소굴에서 단잠을 주무시고.

146

복만흠	터가 좋은가? 지난번에도 여기서 꾼 꿈이 생생하더니.
백일홍	좋은 꿈이라도 꾸셨나?
복만흠	… (잠시 보다가) 딸이 있었다 그랬지? 어려서 죽었다고.
백일홍	? 그건 왜?
복만흠	살아있는 것 같은데?
백일홍	뭐요…?
복만흠	꿈에 세신사 선생이 다 자라 어른이 된 딸을 끌어안고 울고 있었어. 니가 살아있어서 정말 다행이라면서.
백일홍	……!!!

S#48—복씨 저택 차고 (Flashback) D

슈퍼카에 나란히 앉은 복만흠과 다해.
(엄순구 가출 이후 은밀히 접선했던)

복만흠	감옥에 있을 때 죽은 딸?
다해	엄마 유일한 약점이에요.
복만흠	나하고 첫 대면에 오픈한 카든데? 그게 약점이라고?
다해	약점은 까는 순간 약점이 아니니까. 오히려 필살기가 되죠.
복만흠	(그런가)
다해	엄만 어떻게든 여사님을 파고들 테니까, 차라리 선빵을 날리세요. 약점만 제대로 쑤시면 엄만 무조건 흔들려요. 주도권은 여사님이 쥐는 거죠.
복만흠	(흠…)

S#49—찜질방 수면실 (현재) N

백일홍 (노려보며) 너무 순순히 따라온다 했더니, 이런 장난질을 치려고?

복만흠 (태연히 마주 보며) 꿈이 보여준 걸 전했을 뿐이야. 지난 결혼식처럼.

안 그래도 다해 때문에 타격을 입은 백일홍.
복만흠의 예언(?)에 제대로 휘청한다.
정말로 예지몽을 꾼 거라면? 그 예지몽이 현실이 된다면?
그 아이가… 정말로 살아있다면…?
흔들림을 간파하는 복만흠. 먹혔구나…!

S#50—고층 빌딩 비상계단 N

허어억!!! 허어어어억!!! 계단 가득 울리는 끊어질 듯한 숨소리.
끝없이 이어진 계단을 고통스럽게 오르는 복동희.
천근만근 무거운 다리. 땀과 눈물로 뒤범벅된 얼굴.
더는 한 발자국도 움직일 수가 없는데,
그런데 누군가 뒤에서 밀어주는 힘이 느껴진다.
돌아보면, 그레이스가 동희의 펑퍼짐한 엉덩이를 떠받쳐 밀고 있다.

복동희 (헉헉) 뭐하냐?

그레이스 움직여. 드레스 입어야지.

복동희 (절레절레, 주저앉을 것만 같은데)

그레이스 드레스! (있는 힘껏 동희 엉덩이를 떠받쳐 밀며) 입자아아아!!!!

그레이스의 푸시로 마침내 다다른 계단 꼭대기.
그레이스, 환호하여 손바닥 펼쳐 하이파이브 청하는데,
동희, 그대로 슥 지나쳐 옥상으로 나가는

S#51—고층 빌딩 옥상 N

옥상 끝에 서는 동희.
시원하게 트인 밤하늘, 발아래 반짝거리는 야경.
동희에겐 너무도 그리웠던 풍경이다. 두 팔을 벌리고 비행을 시도한다.
간절히 몸에 힘을 줘 보지만 도무지 떠오르지 않는 몸.

복동희   (왜 못날지?) 아직도…?

그레이스   (옆에 와서 시원한 물 건네고)

복동희   (힐끗, 물 마시더니) 500억 떡고물이라도 주워 먹어 보려고?

그레이스   도와줄게. 같이 좀 먹자. (동희 마시던 물 가져다가 벌컥)

복동희   도움이 아주 안 되진 않네. 니 면상 보면 입맛이 싹 가셔.

그레이스   (피식) 가만 보면 우리 꽤 닮은 구석이 있어. 나나 언나나
양쪽 패밀리에서 사이드 메뉴 같은 거 아냐? 엄마들 최애
는 따로 있고.

복동희   함부로 공감대 형성하고 그러지 말아줄래?

잠시 나란히 야경을 바라보다가

그레이스   언니야, 우리도 한번 날아볼래?

복동희   우리?

그레이스   나랑 날자. 딱 한 번만.

복동희　　(진심인가…?)

S#52—공원 N

비틀비틀 두발자전거를 타는 이나.
뒤에서 붙잡아 주는 귀주 자기가 더 바짝 긴장한 얼굴이다.
휘청거리기도 하고, 넘어지기도 하면서, 꽉 붙잡은 손 놓지 않는 귀주.
자전거에 점점 속도가 붙고, 이내 감 잡고 혼자 달리기 시작하는 이나!

귀주　　(손 놓고) 됐다!
이나　　(얼떨떨 달리고)
귀주　　복이나! 달려! 그대로 쭉! 달려!!!

이나 신나서 멀리까지 혼자 달려가고,
귀주 그 모습을 벅차게 바라보고 섰다.
다해도 다가와 따뜻한 미소로 함께 바라본다.
혼자 넘어지며 자전거를 배웠던 어린 시절이 조금은 위로받는 기분.

S#53—공원 다른 일각 N

떨어진 곳까지 혼자 자전거를 달려온 이나.
맞은편에서 자전거를 타고 이쪽으로 달려오는 준우가 보인다.

이나　　!
준우　　복이나?

이나, 홱 핸들 꺾어 방향을 돌리려다 그만 넘어지고

준우   (자전거 달려와서) 괜찮아?
이나   (허둥지둥 자전거 세워서 달아나고)
준우   야 복이나! 잠깐만! 기다려봐! (자전거로 따라오면)
이나   (왜 따라와? 뒤돌아보고 허둥거리다 또 꽈당 넘어지고)
준우   야! 괜찮아?

꽤 아플 텐데 아무렇지도 않은 얼굴로 오뚜기처럼 발딱 일어나는 이나.
준우를 외면한 채 낑낑거리며 자전거 세워서 달아나려는데

준우   내가 그렇게 싫어?
이나   (그런 거 아닌데)
준우   이거 주려고. (안경 내민다)
이나   … (받고)
준우   미안해.
이나   (니가 왜?)
준우   그래도 나 노력했는데. 학교에서 말 걸고 싶어도 참고.
           니 옆에 가고 싶어도 안 가. 참느라 혼났는데.
이나   …
준우   더 참아볼게. 최대한 내가 너 피해 볼게. 그니까 도망가지
           좀 마.
이나   …
준우   (자전거 돌려서 가려는데)
이나   (고개 숙이고, 기어들어가는 목소리로) 좋아해.
준우   어…?
이나   (고개 들어, 눈 똑바로 맞추고) 너 좋아해.

151

준우   ……!

S#54—공원 N

귀주   이나 능력, 알고 있었지?

다해   (뭐 대충)

귀주   고마워. 덕분에 이번에 이나를 구했네.

다해   글쎄… (뭔가 마음에 걸리는) 근데, 아까 미래에서 온 복귀주
             말이야…

Flashback〉 33씬, 이나 방

이나가 학교 체육관에 있다는 말을 듣고 귀주 뛰어나가는데,

왠지 발걸음이 떨어지지 않아 뒤를 돌아봤던 다해.

다해를 지그시 응시하는 귀주.

입가에 머금은 미소가 왠지 슬퍼보였는데…!

현재〉

미래에서 온 귀주의 모습이 아무래도 마음에 걸리는 다해.

다해   좀 슬퍼보였는데…

다해 돌아보는데, 귀주 사라지고 없다.

또 어느 과거의 시간으로 가버린 거지…?

S#55—산부인과 병실 (타임슬립) D

귀주 가만히 눈을 뜨면,
처음으로 이나를 품에 안던 과거의 자신이 보인다.

귀주   ……!
귀주(과거) 내 생애 최고로 행복한 시간이야! 절대로 사라지지 않을
           시간!

드디어 이나가 태어난 시간을 되찾았다!
너무도 조그맣던 이나, 부서질까 조심스레 안고 벅차했던 나.

귀주E   이렇게 소중하고 행복했는데, 왜 이제야 돌아왔을까.

귀주, 생애 가장 행복했던 시간에 서서 먹먹히 눈물을 흘린다.
그 모습 주다가…
귀주 뒤쪽으로 색을 가진 문이 보이고

S#56—복씨 저택 안방 N

악몽을 꾸는지 괴롭게 끙끙 신음하는 복만흠.
몸부림을 치다 침대에서 굴러떨어지며 잠에서 깬다.
차디찬 바닥에 볼을 대고 엎드린 채 그대로 꼼짝도 하지 못한다.
꿈에서 뭘 봤는지, 충혈된 눈을 부릅뜨고 온몸을 부들부들 떠는데…!

S#57—공원 N

눈물로 젖은 눈을 뜨는 귀주.

귀주　찾았어.

다해　(물기 어린 눈을 보고) 어디 갔다 온 거야?

귀주　이나를 위해서도, 나를 위해서도, 꼭 되찾아야 하는 행복.

다해　…?

귀주　이나가 태어난 시간.

다해　…!

귀주　이제 그 행복으로 널 구할 차례야.

다해　또 그 소리야? 뭘 자꾸 구한다고. 멀쩡히 살아있는 사람을 굳이 돌아가서 구하겠다는 이유가 뭔데? 대체 왜?

귀주　아직도 모르겠어? 난 알겠는데.

다해　(보면)

귀주　13년이 지나서 널 만나려고.

다해　…

귀주　만나서 이렇게… 사랑하려고.

다해　…!

S#58—콜라텍 N

구석에서 낙담한 채 술 마시는 엄순구. 가족들 걱정에 마음이 무겁다.
입구 쪽에서 작은 혼란이 일어난다.
"할머니! 여기 이러고 오시면 안 돼요!", "치매 노인인가?"
춤추는 사람들 사이로 얼핏 보이는, 반쯤 정신 나간 복만흠.

(22씬에서 귀주가 찾은) 콜라텍 명함을 손에 쥐고 있다.

엄순구　　여보…? (벌떡 일어나 사람들을 헤치고 달려가고)

집에서 입던 가운 차림에 신발도 한 짝만 신고 한쪽 발은 맨발인 복만흠. 관리인, 막무가내 안으로 들어오려는 복만흠 밀쳐내 바닥에 넘어뜨리고

엄순구　　여보!!! (복만흠 부축해 안으면)
복만흠　　(엄순구 귓가에 파리한 입술을 달싹)
엄순구　　뭐라구요? 안 들려요!

시끄러운 음악. 어지러운 조명.

복만흠　　귀주가…… (볼을 타고 흐르는 눈물) 죽어……!
엄순구　　……???!!!!

S#59—공원 N

다해　　그만. 가서 귀주씨 가족이나 지켜.
귀주　　지킬 거야. 목숨 걸고. 그 가족에, 너도 포함이야.
다해　　…!

귀주, 다해 손을 가볍게 잡더니, 엄지손가락에 반지를 끼워준다.
마치 청혼하듯…!

귀주　　13년 전에 내가 너한테 끼워준 반지.

귀주, 주머니에서 똑같은 반지 하나를 더 꺼낸다.

귀주　　미래의 언젠가 내가 너한테 끼워줄 반지.
다해　　……!!!

귀주, 두 번째 반지를 자기 새끼손가락에 낀다.
커플링을 나눠 끼듯, 엄지와 새끼에 하나씩 나눠 낀.
다해에겐 시작, 귀주에겐 마지막을 암시하는 반지 두 개.
그리고는 다해에게 입을 맞추는 귀주…!

— 9부 끝 —

10부

히어로는
아닙니다만

S#1—강변도로 D

비가 내린다. 강줄기를 따라 구불구불 난 한적한 도로를 달리는 차.

다해E   노란색이야.

귀주E   파란색이야.

S#2—달리는 차 D

다해   (운전대를 잡은 손 엄지손가락에 반지) 노란색 확실해.

귀주   (새끼손가락에 똑같은 반지) 파란색이라니까.

다해   내가 그 영화 몇 번을 봤는데.

귀주   내가 그 배우 얼마나 팬이었는데.

다해   내기할래?

귀주   소원 들어주기! (핸드폰으로 영화 검색해 보려는데)

다해   직접 가서 다시 봐. 그렇~게 팬이셨다면서 못 돌아가?

귀주   그럴까? 고등학교 때 친구네서 봤는데. 느와르(누아르) 아
       니면 안 본다던 남자 놈들 다 같이 찔찔 짜면서.

다해   잘됐네. 오랜만에 친구들도 만나고.

귀주   다녀올게.

다해   다녀와.

귀주   (눈 감고)

귀주Na   행복이 돌아온 것 같았는데.

S#3—절벽 D

화면을 가득 채운 귀주의 감긴 눈.
웃음을 머금고 감겼던 눈을 뜬다.

귀주   내가 이겼… (말을 채 끝마치지 못하고)

눈을 뜨자마자 눈에 들어오는 뜻밖의 광경.
이게 뭐지? 어떻게 된 거지?
경악으로 커다래지는 눈. 이리저리 흔들리는 눈동자.
화면 서서히 빠지면서 주변 상황들이 드러난다.
앞유리가 박살 나 떨어져 나간 채 구겨진 자동차,
가드레일을 뚫고 튀어나와 절벽 끝에 간신히 멈춰선 듯.
낭떠러지 아래로 비에 불어난 잿빛 강물이 출렁인다.
다해가 있던 운전석에는 산산이 부서진 유리 파편들 뿐.
다해는 보이지 않고,
뻥 뚫린 앞유리로 비가 들이쳐 귀주 얼굴을 때리는 데서…

귀주Na   분명히 돌아왔었는데.

S#4—복씨 저택 거실 D

시간을 거슬러 며칠 전,
초인종 울리고, 귀주가 반가운 손님을 맞으러 한달음에 달려 나간다.
현관에서 안으로 들어오는 손님, 다해다.

160

귀주   어서 와.

복씨 저택으로 돌아온 다해. 여러 감정이 교차하는 미소.

S#5—복씨 저택 주방 D

빳빳하게 다림질한 앞치마를 두른 엄순구.
심혈을 기울여 정성껏 요리하는 얼굴이 비장하고

S#6—복씨 저택 다이닝룸 D

귀주가 다해를 데리고 들어오면,
엄순구가 작정하고 솜씨를 발휘해 차린 식탁.

엄순구   (주방에서 음식을 내오는) 왔어요?
다해   (꾸벅)

거실 쪽에서 들여다보는 동희

복동희   정말 왔네?
다해   (보면)
복동희   이 집안사람 될 자격은 대충 갖췄네. 뻔뻔하기가 초능력 수
             준이야.

복만흠 안으로 들어오며

복만흠	이 집에서 곧 나갈 사람이 무슨 말이 그렇게 많아.
복동희	(보면)
복만흠	결혼해서 니 가족 꾸린다며? 비아냥거릴 거면 니 집 가서 해라. (다해에게) 앉아요. 신경 쓰지 말고.
다해	(동희에게) 누님도 같이 앉으세요.
복동희	어디서 누님이래? 기본이 안 됐네?
귀주	아 누나!
복동희	(새침) 형님이라고 불러야지.
귀주	! (누나도 다해를 받아준 거야?)
복동희	오늘은 호칭까지만 허락할 거야. 겸상까진 기대하지 마. (홱 가고)
귀주	(다해 보면)
다해	(미소)

시간 경과〉

둘러앉아 식사하는 복만흠, 엄순구, 귀주 그리고 다해.
이 상황이 꼭 꿈 같아 믿기지 않는 귀주, 먹다 말고 가만히 바라본다.

엄순구	더 먹지 않고.
귀주	좀 현실감이 떨어져서요. 이렇게 가족처럼 밥을 먹는 게. 아버지 아무 일도 없었던 것처럼 돌아와 계신 것도 그렇고.
엄순구	(미소)
귀주	다해 받아주신 것도 그렇고.
다해	(미소)
귀주	모든 게 순조로워서 좀 어리둥절하달까. 감사하기도 하고.
복만흠	꿈이 보여준 운명을 거스를 수는 없지.

162

귀주 모르게 자기들만 아는 눈빛이 오가는 복만흠, 엄순구 그리고 다해.

S#7—복씨 저택 차고 (Flashback) D

귀주 모르게 다해를 불러냈던 복만흠.

복만흠   꿈을 꿨어. 시신 없는 장례식을 치르는 꿈.

다해   누구 장례식을…?

복만흠   복귀주. 내 아들.

다해   ……?!

복만흠   13년 전 화재에서 도다해를 구하고, 불길에 휩싸여 다시는
돌아오지 못할 거야. 시체도 찾지 못한다고.

다해   (핏기가 싹 가시는) ……!!!

복만흠   그 시간이 기어코, 끝내는 우리 귀주를…!

다해   막으면 되잖아요.

복만흠   꿈에서 본 미래는 무엇으로도 막을 수 없어.

다해   귀주씨한테 말해야죠! 그 시간으로 돌아가지 말라고!

복만흠   귀주는 죽을 걸 알고도 기꺼이 불구덩이에 뛰어들 놈이야.

다해   말도 안 돼, 그래도 어떻게든 설득해야죠! 방법이 있을 거
예요!

차에서 뛰어내리는 다해, 귀주에게 달려가려는데

복만흠   (내려서) 이미 다 해봤어! 오래전에도.

다해   (오래전? 돌아보면)

복만흠   아버지가 돌아가시는 꿈을 꿨어.

다해	…!
복만흠	별의별 짓을 다 해봤지. 하지만 발버둥 치면 칠수록 오히려 운명이 더 바짝 조여왔어. 비웃기라도 하듯이.
다해	무슨… 그런…
복만흠	할 수 있는 건 하나뿐이야.
다해	(보면)
복만흠	남은 시간 행복하게 보내게 해주는 거. 원하는 대로 다 하게 해줄 거야. 그게 사기꾼하고 결혼하는 거라도.
다해	(보고)
복만흠	집으로 들어와.
다해	아니요, 이건 아니죠, 복귀주가 나 때문에 죽는데 어떻게 복귀주 옆에 있어요, 내가 어떻게 그래요?
복만흠	사기꾼이잖아. 사기를 쳐.
다해	네?
복만흠	완벽하게 행복한 시간. 도다해씨가 우리 귀주한테 치는 마지막 사기가 되겠네.
다해	여사님…
복만흠	나라고 쉬울까? 내 아들이 도다해를 구하고 죽는데 도다해를 들이는 게? 그럼에도 불구하고 귀주를 위해서야. 제발 부탁해.
다해	(복귀주가 나를 구하고 죽는다니…! 요동치는 눈동자)

S#8—복씨 저택 다이닝룸 (현재) D

앞씬 흔들리던 모습과 딴판인 포커페이스 다해.
아무것도 모르고 행복해하는 귀주.

164

다해 잠시 포커페이스 풀고 행복해하는 귀주를 슬프게 바라본다.

귀주   (시선을 느끼고, 보면)

다해   (얼른 포커페이스 미소) 이나는? 학교 문젠 잘 해결됐고?

S#9—중학교 상담실 D

체육관에 있었던 혜림과 댄스부 아이들이 불려와 앉았고

김선생   마지막으로 나온 게 누구야?

댄스부1   (혜림을 힐끗)

혜림   나? (당황해서 덮어씌우는) 니가 마지막에 나오지 않았어?

댄스부2   고혜림 니가 먼저 나가 있으라 그랬잖아. (아이들에게) 맞지?

댄스부들   (혜림이 눈치 보면서, 끄덕끄덕)

혜림   아 맞다! (뒤늦게 기억난 척 황급히 둘러대는) 니네 먹은 거 치우지도 않고 가서 그거 정리하느라…

댄스부들   ("헐", "뭐야", "혜림이가 복이나를…?")

김선생   (혜림에게 실망한 표정) 거짓말은 상황만 악화시킬 뿐이야.

혜림   (궁지에 몰리자 얼굴 벌겋게 달아올라 바락바락) 평소에 복이나 무시하고 비웃은 거 니들이잖아! 나 아니야! 아 씨 나 아니라고!!!

댄스부들   (처음 보는 날것의 혜림에 당혹)

김선생   혜림이만 남고 나머지는 가봐.

댄스부들   (나가면)

혜림   선생님 저 진짜 아니에요! 복이나 거기 있는지도 몰랐어요!

김선생   어쨌든 거기 있던 누군가가 문을 잠근 건 분명한데. 확실한

증거도 없고 이나가 처벌을 원하지 않아서 일단은 여기까
지만 할 거야.
그런데, 다시는 이런 일이 없어야 할 거다. 알았지?

혜림   …

S#10—중학교 운동장 D

쇼킹한 가십거리에 신나서 떠드는 아이들

학생1   고혜림 소름! 앞에서는 쿨한 척 정의로운 척 아싸 챙겨주
는 척 다하더니 와! 창고에 가둬? 소오름! 근데 왜 그랬는
지 알 것 같긴 하다!

아이들   (왜? 왜?)

댄스부1   준우가 고백했던 상대가 알고 보니까 복이나였대.

아이들   (대박!! 진짜??)

학생1   복이나 한준우 걔네 공식 커플 됐잖아. 질투심에 숨겼던
이빨을 확! 드러낸 거지.

아이들   ("고혜림 개무서워!!", "가식 쩌네!!", "난 걔 평소에도 어쩐지 좀
쎄했어!")

아이들 떠들어대는 소리를 들으며 지나가는 혜림.
몰락한 여왕벌. 아무렇지도 않은 척 꼿꼿하게 걷는 게 더 애처롭다.
자전거 자물쇠를 푸는 중이던 이나와 마주치고

혜림   넌 내 맘 알지?

이나   (보면)

혜림	내가 안 그랬어.
이나	그랬는지 안 그랬는지는 니 눈만 봐도 바로 알 수 있어.
혜림	그래, 우리 눈만 봐도 마음이 통하는 사이였잖아!
이나	(안경 고쳐 쓰며) 근데 이제 보기 싫어. 니 눈. 니 마음.
혜림	뭐라고…?
이나	그러게 들키지 말고 잘 좀 감추지 그랬어. 나 말고 다른 사람들도 다 알아버렸잖아. 삐뚤어진 니 마음.
혜림	…!

교문 쪽에서 준우가 이나를 부른다.

준우	복이나! 가자!

혜림을 안쓰럽게 보다가 돌아서는 이나.
이나와 준우 자전거를 타고 멀어지고, 참담하게 굳어 선 혜림.

S#11—복씨 저택 툇마루 D

마주 앉아 차 마시는 엄순구, 귀주

엄순구	(귀주 모르게, 애틋하게 아들을 바라보는데)
귀주	이사를 가면 어때요?
엄순구	복씨 집안 대대로 살던 터전을 버리고?
귀주	집을 좀 줄이면 어떨까 하고. 이렇게 큰집 감당할 형편 아니잖아요. 헬스장 건물은 누나가 맡아서 관리하라 그러고. 어머니, 아버지, 이나, 지금부터 제가 챙길게요.

새롭게 다시 시작하고 싶어요. (의욕적인 눈빛)

엄순구 (뒤늦게 정신 차려 철든 소리를 하는 아들이 마음 아프고) 귀주야…

귀주 도다해가 옆에 있으면 내 능력으로 할 수 있는 게 많아질 테니까.

엄순구 (울컥! 금방이라도 눈물이 쏟아질 것 같은) 귀주야…!

복만흠 그러자.

귀주 (돌아보면)

푸석한 얼굴로 서 있는 복만흠

복만흠 귀주 말대로 하자고요. 가자. 이사.

귀주 (뜻밖에 순순히?)

복만흠 (엄순구에 잠깐 보자는 눈짓, 안방으로)

엄순구 (뒤따르고)

귀주 (어머니가 변한 것 같은데?)

S#12—복씨 저택 안방 D

복만흠, 엄순구 안방으로 들어와 문 닫고

복만흠 (낮게) 입 꽉 다물라고 했죠.

엄순구 이 빌어먹을 연극, 난 도저히 못하겠어요!

복만흠 목소리 낮춰요.

엄순구 아무것도 모르고 저렇게 철든 소리를 하는데 가슴이 꼭 짓 이겨지는 것 같아서, 왜 속설에 갑자기 철들면…

복만흠	…
엄순구	정말로 이사 갈 거예요?
복만흠	어차피 이 집도 머지않아 폭삭 주저앉을 텐데…
엄순구	이건 귀주 위하는 게 아니에요 자포자기지! 가려거든 귀주 데리고 아예 멀리 해외로 뜹시다. 도다해한테서 뚝 떨어뜨려 놓자구요.
복만흠	당신이 뭘 할 수 있다고.
엄순구	아무리 무능력한 애비라도 두 손 놓고 시간이 줄줄 흐르는 걸 보고만 있을 순 없어요! 막을 수 없으면 미루기라도 해봐야죠! 장인어른도 속수무책 떠나보냈는데 귀주까지… 당신이 그 고통을 또 겪게 할 순 없어요!
복만흠	당신이 뭔데?
엄순구	?! (보면)
복만흠	우린 임시로 함께할 뿐이라는 거 잊지 말아요. 귀주 보내고 나면 당신이랑 나도 끝이야. 그때까지 귀주 아버지 노릇이나 똑바로 해요.
엄순구	…

S#13—복스짐 D

러닝머신 달리는 복동희. 비 오듯 쏟아지는 땀과 눈물.

S#14—복씨 저택 동희 방 (Flashback) N

귀주가 죽을 운명임을 들었던 밤. 충격받은 동희 얼굴.

복만흠	비밀 지켜.
복동희	엄마…
복만흠	귀주 잘 보내고 나면, 니가 그렇게 욕심부리던 건물 니 거야.
복동희	엄마! 지금 그게 할 소리야? 나 귀주 누나야, 귀주 내 동생이라고!
복만흠	언제부터?
복동희	네? (욱해서) 태어날 때부터! 귀주 비염으로 흘린 콧물 내가 다 닦아줬어! 엄마 꿈꾼다고 이불 쓰고 안 나올 때 귀주 양말 신기고 신발 신겨서 학교 데려간 것도 나고!
복만흠	귀주한테 아무 말도 하지 마. 하던 대로 하면 돼. 쉽지? (돌아서는데)
복동희	엄마가 그딴 꿈 안 꿨으면 됐잖아요!
복만흠	(멈칫)
복동희	그렇게 꿈꾸고 싶어 하더니! 그렇게 꿈으로 미래를 훔쳐대더니! 나만 욕심부렸어? 엄마야말로 그렇게 욕심부리다가 벌 받은 거 아니냐고!
복만흠	…
복동희	엄마 꿈이 나도 이 꼴 만들더니! 결국은 귀주까지 죽이는 거야!!!
복만흠	(가슴에 박히는 비수)
복동희	(바로 후회할 말을 홧김에 쏟아붓고 말았다)

S#15—복스짐 D

러닝머신 달리는 복동희. 일그러진 얼굴에서 쏟아지는 눈물.

그레이스   (수건 건네며) 언니? 울어?

복동희   (수건 받아서 얼굴 문지르는) 땀이야.

그레이스   (눈물 맞는데?) 좀 쉬었다 하자. (머신 속도 줄이는데)

속도 도로 높이는 동희. 자학하듯 스스로를 몰아붙인다.

S#16—공원 D

다해, 귀주, 이나 자전거를 달린다. 셋이서 보내는 행복한 한때.
(다해 선글라스 착용)

S#17—복씨 저택 주방, 다이닝룸 D

엄순구 혼신의 힘을 다해 정성껏 요리하고,
귀주와 다해가 음식을 차리는 걸 돕는다.
복만흠, 엄순구, 귀주, 다해, 이나 둘러앉아 밥 먹는 가족들 (동희 제외)

S#18—복씨 저택 안방 N

하얗게 밤을 지새우는 복만흠. 충혈된 눈을 부릅뜬 채 우두커니.
벽을 보고 돌아누워 조용히 한숨 내쉬는 엄순구.

S#19—포토스튜디오 D

인생네컷 찍는 다해, 귀주, 이나. 마치 가족사진 같다.
(다해 여기서도 포토스튜디오에 비치된 알록달록 색안경 착용)

S#20—복씨 저택 손님방, 2층 복도 N

다해, 잘 준비를 마치고 손님방 침대에 들어가려는데

귀주   (문밖에서 쭈뼛쭈뼛) 왜 여기 있어?
다해   그럼 어디 있어?
귀주   (헛기침 흠!) 아니 뭐, 아버지가 굳이굳이 내 방 시트를 바꿨네?
         이불도 그게 구스 같던데 그게?
다해   난 여기가 편해.

그때 복도에 이나가 슥 나타나고

귀주   (화들짝) 그럼 잘 자!

서둘러 문 쿵 닫아버리는 귀주.
이나 아무렇지도 않게 지나쳐 자기 방으로 가는데

귀주   (어색) 아 이나야! 아직 안 잤어? 아빤 물 마시러 나왔다가!
         하하⋯
이나   (픽, 바보)

이나 자기 방으로 들어가면, 귀주 손님방 문을 도로 슬쩍 열고

귀주　결혼식 다시 하자.

다해　찐하게 한번 치렀음 됐지.

귀주　혼인신고부터 할래?

다해　그런 게 필요해?

귀주　아니면 나 지금 이나가 태어난 시간으로 갈까?

다해　…! 그건 안 돼!

귀주　왜 안 되는데? 난 지금 당장이라도 13년 전으로 달려가서
　　　널 구하고 싶어. 반지도 끼워주고 싶고.

다해　그 시간으로 가는 건 좀 미뤄두기로 했잖아.
　　　우리가 진짜 가족이 되면, 그때 가.

귀주　(아직도 진짜 가족은 아니다?) 언제까지 손님처럼 지낼 건데?

다해　(아이 달래듯 웃으며) 뭐가 그렇게 급해? 형님 결혼식 먼저
　　　치르고 우린 좀 천천히.

귀주　(서운하다)

S#21—고깃집 N

불판에 지글지글 푸짐하게 익어가는 고기.
그레이스가 쌈 싸서 입에 들이대는데 동희 입맛 없는 얼굴로 절레절레.

그레이스　오늘은 좀 먹어. 트레이너 관리 감독 하에 허락해 주는 치
　　　　팅데이.

복동희　(빈속에 소주만 마시고)

그레이스　(으휴, 소주잔 채워주며) 도다리는? 잘 지내?

복동희   나한테 그 사기꾼 안부 묻지 말랬지? (소주 또 마시고)

그레이스   이왕 이렇게 된 거 잘해줘라. 못된 시누이질 하지 말고.

복동희   그래도 동고동락하던 찜질방 식구들 다 떨구고 지 혼자 윤
택한 삶을 누리고 있는데, 그런 소리가 나와?

그레이스   그래도 동고동락하던 식구니까.

복동희   (주제에 의리는 있네?)

그레이스   뭐 시누이질 할람 해. 어차피 복덩어린 도다리한테 가볍게
발릴걸?

복동희   뭐어?

그레이스   문제는 엄만데. 엄마가 가만히 안 둘 거란 말이지…

S#22—찜질방 식당 N

불 꺼진 식당 구석, 심각하게 마주 앉은

노형태   시킨 거 준비는 다 됐는데.

백일홍   …

노형태   마지막으로 한 번만 더 확인할게. 정말 해?

백일홍   …

노형태   진심이야?

백일홍   가겠다는데, 배웅은 해줘야지.

무언가 무서운 일을 꾸미고 있는 분위기.
창밖에 추적추적 비가 내리기 시작하고.

S#23—복씨 저택 손님방 N

다해 잠이 오지 않아 뒤척이는데, 귀주가 벌컥 문을 열고 들어온다.

다해	?!
귀주	내 방에 비가 새네? 그것도 침대로 물이 뚝뚝 떨어져서.
다해	그래? 어디 봐. (침대에서 일어나려는데)
귀주	(침대로 올라오는) 시간도 늦었는데 대충 여기서 자지 뭐.
다해	어어? 어딜… (밀어내는데)
귀주	(비집고 들어오고) 진짜 가족은 어떤 건데? 가족 그거 너무 거창하게 생각하지 마. 같이 먹고 자고 하면 가족이지.
다해	귀주씨,
귀주	(베개 만지며 딴청) 이 방은 베개가 좀 불편하네. 내 방은 구스라니까. (다해 팔을 슬쩍 끌어다 팔베개 베고) 아 좀 낫다.
다해	(뭐지? 뭐가 좀 바뀐 것 같은데?)
귀주	무거워?
다해	좀.
귀주	나는 목숨도 구해줄 건데 팔베개도 못 해주나?
다해	(허)
귀주	니 팔베개는 미래의 나한테 맡길게.
다해	?
귀주	미래에서 온 나한테 팔베개 해달라 그러라고. 나중에 이 시간으로 분명히 돌아올 거야. 나 지금 행복하거든.
다해	(간신히 슬픔을 누르고 미소)

커다란 몸집으로 천연덕스럽게 다해 팔 베고 잠을 청하는 귀주.

귀주 머리카락이 다해 얼굴을 간질이고

다해　　우리 여행 갈래?

귀주　　좋지! 가자!

다해　　(슬픔을 감춘 옅은 미소) 그래. 그러자.

S#24—강변도로 D

비가 내린다. 강줄기를 따라 구불구불 난 한적한 도로를 달리는 차.
조금 떨어져 그 뒤를 따르는 노형태 차 보이고.

S#25—달리는 차 D

분주히 움직이는 와이퍼. 다해가 운전대 잡았고 귀주 옆에 앉았다.

다해　　바다 놀러 가기 딱 좋은 날이네?

귀주　　내가 운전한다니까.

다해　　비 오는 날 운전하는 거 좋아해. 근데 좀 으슬으슬하다.

귀주　　(히터 틀려는데)

다해　　아니, 뒤에 옷 좀. (안전띠 풀고)

귀주　　(뒷좌석에 있던 재킷 혹은 가디건 입혀주고)

다해　　(입고) 이 옷 생각나?

2부 17씬, 쇼핑몰에서 다해 블라우스 팔통 빠져버리고 사 입었던 옷
이다.

176

귀주	내가 사준 옷?
다해	사줬다고?
귀주	돈 줬잖아.
다해	옷 찢어놓고, 웃었지?
귀주	안 웃었는데?
다해	나 그때 복귀주 웃는 거 처음 봤는데?
귀주	이상한 여자가 들러붙어서 짜증 났는데?
다해	돌아가서 확인해 보든가. 할 수 있지?
귀주	좋아. 다녀올게.
다해	다녀와.
귀주	(눈 감으면)

S#26—쇼핑몰 (타임슬립/2부 16씬 연결) D

"내가 도와줄게요." 귀주 팔을 붙잡았던 다해.
귀주 순간 거세게 확! 뿌리치면 북! 찢어지는 소리 나면서
블라우스 팔이 통째로 빠져 너풀거렸던 모습.
타임슬립한 귀주, 다해 뒤쪽에 서서 본다. 다시 봐도 웃기다. 풉!
다해가 손으로 슥 겨드랑이를 가리면,
과거의 귀주도 콧구멍과 입꼬리가 실룩거린다. (2부에선 없었던 컷)

S#27—달리는 차 (현재) D

귀주	(눈 뜨고, 머쓱하게 인정) 웃었네.

이제는 추억이 된 시간. 떠올리며 함께 웃는 두 사람.

귀주 노란색 좋아하나 봐?

다해 좋아하는 영화에서 여자 주인공이 노란 가디건을 입었었어. 오래된 영환데 제목이 뭐더라? 사진관 하는 남자랑 주차 단속하는 여자.

귀주 아 남자가 시한부! 근데 말도 없이 갑자기 사라져버리지. 사진만 남기고.

다해 그래, 남자가 찍어준 사진. 여자가 노란 가디건을 입고 있어.

귀주 파란색 스웨터 아니고?

다해 노란색이야.

귀주 파란색이야.

다해 노란색 확실해.

귀주 파란색이라니까.

다해 내가 그 영화 몇 번을 봤는데.

귀주 내가 그 배우 얼마나 팬이었는데.

다해 내기할래?

귀주 소원 들어주기! (핸드폰으로 영화 검색해 보려는데)

다해 직접 가서 다시 봐. 그렇~게 팬이셨다면서 못 돌아가?

귀주 그럴까? 고등학교 때 친구네서 봤는데. 느와르(누아르) 아니면 안 본다던 남자 놈들 다 같이 질질 짜면서.

다해 잘됐네. 오랜만에 친구들도 만나고.

귀주 다녀올게.

다해 다녀와.

귀주 (눈 감고)

귀주 사라지고 다해 혼자 남아 운전하는데,

룸미러에 뒤차가 쏘는 상향등이 번쩍거린다.
위협적으로 바짝 달라붙는 뒤차!
당황했는지 흔들리는 다해 눈빛,
차선 변경하려고 핸들 급하게 확 트는 데서 암전

S#28—절벽 D

눈을 뜨는 귀주.

귀주　　　내가 이겼… (말을 채 끝마치지 못하고)

앞유리가 박살 나 떨어져 나간 채 구겨진 자동차,
가드레일을 뚫고 튀어나와 절벽 끝에 간신히 멈춰선 듯.
다해가 있던 운전석에는 산산이 부서진 유리 파편들 뿐.
다해는 보이지 않고,

Flashback〉 7년 전
귀주가 눈을 뜨면 보였던 교통사고 현장.
과거에 다녀온 사이 산산이 부서져 있던 현재.

현재〉
트라우마였던 7년 전과 똑같은 일이 벌어졌다.
뻥 뚫린 앞유리로 비가 들이쳐 귀주 얼굴을 때리고,
빗소리에 섞여 들리는 목소리들.

경찰1E　　동승자는 아무것도 못 봤대요. 눈을 감았다 떠보니까 이렇게

돼버렸다. 그 말만 되풀이하고.

경찰2E 눈 깜짝할 사이에 사고가 터졌나 보지. 충격으로 기억 못
할 수도 있고.

시간 경과〉

경찰차와 견인차 경광등 번쩍거리고.

빗속에서 사고 현장을 조사하는 경찰들.

귀주 담요를 뒤집어쓰고 완전히 넋이 나간 상태.

경찰1 충격을 받았다기엔 너무 멀쩡한데요? 긁힌 상처 하나 없다
고요. 블랙박스도 고장 나 있고. 좀 이상한데.

경찰2 그냥 빗길에 미끄러진 사고야. ('미끄럼 주의', '사고 다발구역'
표지판 보이고) 원체 여기가 눈비만 왔다 하면 꼭 터져. 실종
자부터 찾아야지.

낭떠러지 아래 비에 불어난 강물이 거세게 흐르고

경찰1 저리로 떨어졌으면… 어휴 (살아 있기 힘들 텐데)

귀주 (그 소리를 듣는) ……

S#29—강 D

경찰과 소방 구조대가 수색에 나선다.

고무보트를 띄우고 실종된 다해를 찾아 나서지만 빗물에 불어난 급
류와 흙탕물에 여의치 않은 모습들. 비는 그쳤지만 강풍이 몰아친다.
"헬기 지원은?", "날씨가 이래서 못 뜰 것 같답니다."

귀주, 물가를 따라 서성이며 초조하게 바라보다가 웃옷을 벗어 던지고 성큼성큼 물로 걸어 들어가면, 구조대원들이 매달려 뜯어말린다.
"아 이 사람 또 그러네!", "위험해요!", "가만히 좀 계세요!"
귀주 아무것도 들리지도 보이지도 않는다. 뿌리치고 물로 뛰어들려는데

구조대E   찾았습니다!!!

다급히 이쪽으로 뛰어오는 구조대원.
귀주 일말의 희망을 품고 기대하는데, 구조대원이 내미는 물건은
흙탕물에 더럽혀진 노란색 겉옷…!
"실종자가 입고 있었던 옷 맞습니까?" 묻는 소리가 귓가에 울리고

귀주   ……!!! (노란 옷을 끌어안고 주저앉는)

S#30—수색 몽타주 D/N

골든타임이 지나도 계속 이어지는 실종자 수색.
날이 바뀌면서, 헬기 혹은 드론도 뜨고, 수색견도 보이고,
하지만 별다른 흔적을 찾지 못하는 채로 시간만 흐르는 와중에,
귀주 밤낮으로 현장에 나가서 수색에 동참한다.
물살에 떠밀려온 쓰레기 샅샅이 살펴보고, 바위틈 뒤지는 모습.
그러다 결국 장기 실종으로 분류되면서 수색이 종결되고,
구조대원들 떠난 물가에 귀주 혼자만 남는다.
사고가 난 절벽에 망부석처럼 우두커니.

S#31—찜질방 식당 N

손님 없이 어둡고 휑한 찜질방. 장기 휴업 중이다.
불 꺼진 식당에서 혼자 소주 마시는 백일홍.
귀주가 문을 박차고 들어와 죽일 듯한 기세로

귀주   당신이지!!!

백일홍   (태연하게, 무슨 소리지?)

귀주   당신이 다해 그렇게 한 거잖아!!! (덤벼들고)

소란에 노형태가 달려와 귀주를 가로막는다.
백일홍 '그냥 놔둬라.' 노형태에게 물러나 있으라고 손짓

백일홍   빗길에 미끄러졌다 들었는데. 나한테 비를 뿌리는 초능력
이라도 있었나?

귀주   사고로 위장했겠지!

노형태   (속내 모를 무표정)

백일홍   바로 옆에 계셨던 분은 뭐 했는데?
차 밖으로 튕겨 나가 강물로 추락했다며? 안전띠도 안 매
줬어? 비가 그렇게 오는데 어딜 끌고 간 건데? 운전까지 시
키고? 도대체 어느 부분이 내가 저지른 짓이라는 건지?

귀주   (말문이 막히면)

백일홍   혼자만 멀쩡하게 살아 돌아와서 뭐? 얻다 뒤집어씌워?

귀주   …

백일홍   너 초능력자잖아. 대체 뭐 했어?

귀주   …

백일홍   왜 못 찾아?

귀주   …

백일홍   왜 막지 못했어!

귀주   (그 말이 가슴에 아프게 박히고)

S#32—찜질방 N

백일홍 찜질방 구석에 넋 나가 앉았다.
노형태, 그레이스, 멀찍이서 그런 백일홍을 보며 소곤소곤.

그레이스   엄마가 그런 거 맞아? 아니지?

노형태   …

그레이스   자기가 저질러 놓고 저렇게 혼이 나가? 꼭 자식 잃은 부모
             마냥. 이십 년도 전에 죽은 딸이 살아있다면서 전국 입양
             기관을 뒤지고 다니고.
             엄마 저러는 거 처음 봐.

노형태   …

S#33—복씨 저택 귀주 방/2층 복도 D

귀주 눈을 감았다 뜬다.
아무 일도 일어나지 않는다.
다시 한번 간절히 감았다 뜬다.
역시 아무 일도 일어나지 않는다.
또다시 과거로 돌아가는 길을 잃어버렸다.
흙 묻은 노란 옷을 바라보며 위스키를 병째 퍼붓는 귀주.

감당하기 힘든 충격과 슬픔에 다시 술을 입에 대고 만다.
엄순구 쟁반에 흰죽을 받쳐 들고 와 그 모습을 본다.
방문 밖에서 동희, 이나도 들여다본다.

엄순구   너 또…!

귀주   네 또예요. 겨우 길을 찾았나 싶었는데, 달라진 게 없네요.

엄순구   귀주야…

귀주   이번엔 다를 줄 알고… 나도 뭔가 할 수 있을 줄 알았는데…
결국은 또 이 모양이에요. 아무것도 못 해요.
다해가 없어졌는데… 왜 어쩌다 그렇게 됐는지 돌아가서
봐야 되는데…
다해… 찾아야 하는데…

귀주 볼을 타고 하염없이 흐르는 눈물.
엄순구, 죽 쟁반을 던지듯 내려놓고 귀주를 끌어안는다.
동희, 속상해서 괜히 어후! 한숨 뱉으며 눈물을 감추고,
이나, 문틈으로 아빠를 바라보며 소리 죽여 운다.
어둑한 복도 저편에서 복만흠도 까맣게 타들어 가는 가슴을 부여잡
는다.

S#34—복씨 저택 이나 방 N

이나, 연결되지 않을 걸 알면서도 다해에게 전화를 걸어본다.
셋이 함께 찍은 인생네컷 사진을 바라보며

이나   아줌마…… (살아있는 거죠…? 제발…)

S#35—복씨 저택 안방 N

복동희 말이 돼요? 하필 7년 전이랑 똑같은 패턴으로.

엄순구 그러게, 어떻게 이런 일이…

복만흠 …

복동희 (조심스럽게) 근데 솔직히, 차라리 잘 된 건가 싶기도…?

엄순구 슛, 말 좀 삼가라.

복동희 아니, 도다해 그렇게 된 건 안타까운 일이지만, 이대로 귀주가 과거로 돌아가는 능력을 상실한다면, 귀주 안 죽을 수도… (복만흠 보고)

엄순구 (솔직히 속으론 같은 생각이고) 미래가 바뀐 걸까요? (복만흠 보면)

복만흠 …

S#36—복씨 저택 귀주 방 N

우울하게 가라앉은 귀주

복만흠 내가 어리석었다.

귀주 (보면)

복만흠 우리 가족이 능력을 잃은 건 자연의 섭리였어.
현대사회에서 초능력이란 게 더는 의미가 없는 거지.
현대인의 질병에 걸려 능력을 잃었다는 게 그 증거야.
이나가 능력 없이 태어난 것도 그렇고, 자연스러운 도태 과정이야.

귀주 능력에 그렇게 집착하시더니 갑자기 왜?

복만흠	나도 지쳤어. 불면증은 조상님들이 내린 선물이었어. 더는 꿈꾸지 말라고. 그래도 괜찮다고. 너도 더는 과거로 돌아가려고 애쓸 거 없어.
귀주	…
복만흠	이제부터 현재를 살자. 우리도 다른 사람들처럼 시간에 순응하면서, 평범하게.
귀주	…
복만흠	더 이상 뒤돌아보지 마.
귀주	…

S#37—드레스샵 D

커튼이 열리고 서서히 드러나는 웨딩드레스 눈부신 자태.
잘록한 허리, 우아한 목선과 여리여리한 어깨.
또렷한 쇄골, 가느다란 팔.
몰라보게 날씬해진 동희다!

조지한   이야!!! 돌아왔네 우리 복동희!!!

조지한 엄지 치켜올리고 호들갑 떨며 리액션 해주는데
동희 그다지 행복하지 않은 얼굴이다.

복동희	우리 결혼, 좀 미룰까?
조지한	(얼굴 싹 식고) 왜?
복동희	왜긴, 내 동생한테 그런 일이 있었는데… 기운 좀 차릴 때까지만.

조지한 그 동생분 원래 좀 우울하지 않았나?

복동희 (싸해지는) 너무 남 일처럼 말한다?

조지한 나도 속상해서 그러지. 청첩장 다 돌렸고 식이 코앞인데. 비즈니스 문제도 얽혀있고. (핸드폰 울리고) 봐. 핸드폰 불나는 거. 우리 건물에 입점시킬 프랜차이즈 쪽. 잠깐만. (통화하러 가면)

복동희 … (드레스 가봉 중인 직원에게) 더 바짝 조여주세요. 살 더 뺄 거니까. (드레스 꽉 조여지면 숨이 턱 막히는) 흡…!

S#38—드레스샵 밖 D

조지한 (밖으로 나와서 통화를 이어가는) 안달 좀 부리지 마. 오빠 어디 안 간다. 샐러드 카페 하나 차려 줄 테니까 가게 이름이나 이쁘게 지어놔.

S#39—절벽 D

다해가 사라진 절벽에 걸터앉은 귀주.
이미 깨끗하게 치워진 사고 현장. 부서졌던 가드레일도 원상복구 됐다.
그런데도 아직 포기하지 못한 귀주,
다해를 떠올리며 눈을 감았다 떴다, 감았다 떴다, 감았다 떴다…
아무 일도 일어나지 않는다. 위스키 들이킨다.
그리고 다시 눈을 감았다 떴다, 감았다 떴다, 감았다 떴다…
괴롭게 되풀이하다 위스키병을 입에 가져가는데
위스키병을 붙잡아 말리는 손.

이나   아빠.

귀주   복이나… (니가 어떻게 여길?)

갓길에 세워져 있는 차. 운전석에서 동희가 내린다.

복동희   쪼끄만 게 고집을 고집을 얼마나 부려대는지!

귀주   누나…

복동희   타. 너 잡아가려고 왔다.

귀주   … 다해 살아 있어.

이나   (이나도 그렇게 믿는다)

복동희   찾아봤잖아. 강바닥까지 샅샅이.

귀주   어머니가 꿈을 꿨어. 내가 다해 구하는 꿈. 그 꿈이 아직
           안 이뤄졌어.

복동희   엄마도 늙었어. 복씨 집안 초능력은 결국 대가 끊긴 거야.

이나   아뇨, 고모가 있잖아요.

복동희   나? (날씬해진 모습)

이나   고모 이제 날 수 있죠? 아줌마 찾아줘요.
           수색대가 놓친 흔적이 있을지도 모르잖아요.

복동희   내가?

이나   (부탁해요! 고모가 도와주면 아빠도 기운을 낼 거예요!)

복동희   (이나의 간절한 눈빛과 처량하게 망가진 귀주를 번갈아 보다가)
           하… 여길 오는 게 아니었는데.

절벽 끝에 서는 동희. 몸에 힘을 준다.
이나 기대하며 응원한다. 귀주도 일말의 희망을 걸고 바라본다.
동희 발 주위의 모래알들이 스스스 진동하기 시작하더니,
발끝이 살짝 떠오르는데!

귀주/이나 !

하지만 다시 무겁게 내려앉고 마는 동희
예전처럼 날씬해졌지만 여전히 날아오르지는 못한다.

귀주/이나 …?

복동희 … 그만 집에 가자.

귀주 …

복동희 가자고. (귀주 팔 붙잡아 끄는)

귀주 (뿌리치고) 이나 데리고 가.

복동희 적당히 좀 해! 넌 너만 아픈 줄 알지? 박살 난 집안 꼬라지
는 안 보여? 다음 주에 니 누나 결혼하는 건 알고 있니?

귀주 …

복동희 우리는 달라지지 않을 거야. 영원히 이 모양 이 꼴일 거라고.
(확 돌아서서 차로 가고)

동희, 음악 크게 틀고 의자 뒤로 젖히고 드러눕는다.
힘없이 처지는 귀주 어깨. 그 옆에 앉는 이나.

이나 달라진 거 있어요.

귀주 …?

이나 (가만히 귀주 손을 잡는)

귀주 …!

이나 그래도 내가 이만큼은 컸다는 거?

귀주 (울컥!)

이나 아줌마는 처음으로 내가 눈 보는 게 무섭지 않은 사람이었
어요. 아빠랑 나 마주 보게 해준 것도 아줌마고. 아줌마도

우리 가족이잖아요. 그러니까 아빠가 아줌마 찾아줘요.

귀주　　(가슴이 뜨거워지고)

이나　　과거로 가요. (귀주 손 꼭 붙잡고) **아빠** 할 수 있어요!

귀주　　(힘을 주어 마주 잡는 손! 두 눈 꾹 감는다)

이나 손을 놓고 뒤로 한발 물러나면, 사라지는 귀주!

이나　　(됐다!!!)

S#40—공원 (타임슬립) D

(16씬 연결)

다해, 귀주, 이나 셋이서 함께 자전거를 달리는 행복한 모습이 보인다.
마침내 다시 과거로 돌아오는 데 성공했다!

귀주　　(그리웠던 다해 모습에 잠시 먹먹해져서 바라보다가) 다해야!

다해　　(듣지 못한 채 자전거 달리고)

귀주　　(뒤쫓아 달리며) 다해야! 기다려! 도다해!!! 도다해!!!

하지만 빠르게 멀어져 버리는 세 사람 자전거. 따라잡을 수가 없다.
이 시간에선 안 되겠다. 눈을 감고 다른 시간으로 타임슬립!

S#41—포토스튜디오 (타임슬립/19씬 연결) D

포토스튜디오 밖에서 눈을 뜨는 귀주.

유리 너머 인생네컷을 찍으러 왔던 다해, 귀주, 이나 보인다.
문을 열고 들어가 보려 해도 얇은 막이 생기며 문에 닿지 못하고,
주먹으로 유리를 두드려 봐도 얇은 막에 가로막히고,

귀주   (다해 시선을 끌려고 두 팔을 휘저으며) **다해야!!! 여기 좀 봐!!!**

포토스튜디오에 크게 틀어놓은 음악 때문에 듣지 못하는 다해.
귀주 하는 수 없이 유리 너머로 안타깝게 바라보는데,
다해 행동이 왠지 모르게 부자연스럽게 느껴진다.
"아줌마, 나 좀 봐요." 이나가 머리띠 쓰고 다해와 눈 맞추려는데,
다해가 얼른 스튜디오에 소품으로 비치된 알록달록 색안경을 쓴다.
의도적으로 이나 눈을 피하는 것 같다.

S#42—절벽 D

귀주 현시점으로 돌아와 있고

귀주   다해가 눈을 피한 것 같은 느낌 없었어?
이나   (잠깐 생각하더니) 아, 그러고 보니까, 어쩌다 아줌마랑 눈이
         마주쳤는데,
귀주   (마주쳤는데?)
이나   아줌마가 갑자기 속으로 애국가를 불렀어요. 그땐 그냥 그
         게 웃겨서 같이 웃었는데.
귀주   뭘 숨기려고…?
이나   다른 시간도 떠올려봐요.
귀주   (눈을 꾹 감으면)

191

S#43—복씨 저택 손님방 (타임슬립) N

(23씬 연결)
손님방 좁은 침대에서 나란히 밤을 보냈던 시간.
다해, 잠든 귀주 옆에서 몰래 소리 죽여 울고 있었다.
평온히 잠든 귀주 얼굴을 물끄러미 바라보면서
점점 주체할 수 없이 흘러넘치는 눈물.

귀주E　　도다해…!

소리에 놀라 돌아보면, 또 다른 귀주가 내려다보고 있다.

귀주　　다해야…! (드디어 닿았다!) 왜 울고 있어…?
다해　　(서둘러 눈물 닦고) 정말로 왔네? 팔베개 해주러 왔구나?
귀주　　(다해 눈물을 손으로 닦아주며) 왜 울고 있냐고…!
다해　　그냥 잠깐 악몽을 꿨어.

너무도 그리웠던, 그렇게 찾아 헤맸던 다해가 바로 눈앞에 살아있다.
숨결도 체온도 느껴진다. 귀주 울컥! 다해를 품에 꽉 끌어안는다.

다해　　왜 그래…?
귀주　　(안았던 팔 풀고) 내 말 똑바로 잘 들어. 여행 가지 마. 운전
　　　　　 같은 거 하지 말고, 아니, 차에 타지도 마. 절대로!
다해　　무슨 소리야?
귀주　　사고가 날 거야! 바다로 가는 길에 빗길에 미끄러져서 니
　　　　　 가… 니가…!
다해　　…!

귀주	그러니까 내 말대로 해! 가면 안 돼! 제발 아무 데도 가지 마!
	(절박하게 다해 꽉 끌어안고) 제발…!!!
다해	… (귀주 품에 안긴 채, 놀라기보다는 왠지 모르게 차분해지는
	눈빛에서)

S#44—절벽 D

눈을 뜨고 현시점으로 돌아오는 귀주.

귀주	(다급히 주위를 두리번거리며) 어떻게 됐어? 다해는?
이나	뭐가요?
귀주	과거로 가서 다해한테 말해줬어. 사고가 날 거라고.
이나	진짜요?

이나, 다급히 폰으로 기사 검색해 보지만, 달라진 게 없다.
'빗길 교통사고로 30대 여성 운전자 실종, 강물에 추락한 것으로 추정'
새로 수리된 가드레일도 교통사고의 흔적을 그대로 보여준다.

귀주	아무것도 달라진 게 없어?
이나	분명히 말했어요? 아줌마도 알아들었고?
귀주	이미 일어난 일을 바꿀 순 없는 건가…?
이나	(갸웃) 좀 이상한데.
귀주	(보면)
이나	아줌마는 사고가 날 걸 알고 있었다는 건데…
귀주	그런가? 알고 있었던 건가…? 알면서 왜…??

절벽에 선 귀주, 이나 위로

다해Na   계산에 넣지 못한 변수가 있었다.

S#45—복씨 저택 현관 N

귀주를 데리고 집으로 돌아오는 동희, 이나.

복동희   귀주 왔어요.

복만흠, 엄순구가 맨발로 달려 나와 맞이하고
엄순구 귀주를 따뜻하게 안아주고, 복동희는 귀주 뒤통수를 헝클고,
귀주를 둘러싸고 모처럼 복씨 패밀리 전원이 한자리에.
가족들 바라보는 이나, 가족이 회복되고 있다는 게 느껴지고,
뭔가 결심하는 눈빛.

다해Na   가족.

S#46—편의점 밖 D

편의점에서 초코우유에 빨대 꽂아 마시면서 나오는 노형태.
편의점 앞에 세워둔 오토바이로 걸어오는데

이나   (불쑥) 아저씨!
노형태   !!! (화들짝! 초코우유 던지고 후다닥 오토바이 헬멧 뒤집어쓴다)

이나	? 얘기 좀 해요.
노형태	(못 들은 척, 오토바이 타고 가버리는)
이나	아저씨!

S#47—찜질방 밖 D

찜질방으로 찾아온 이나.
굳게 닫힌 문에 걸린 휴무 팻말. 문을 두드리는데 아무 대답이 없다.

노형태	(뒤에서) 뭐야.
이나	! (돌아보면)
노형태	(시키먼 선글라스 척 쓴다)
이나	(갑자기 선글라스?) 아저씨 뭐 아는 거 있죠? 아줌마가 뭘 숨긴 거예요? 아줌만 사고 날 것도 알고 있었잖아요, 맞죠?
노형태	(선글라스 단단히 고쳐 쓰고) 시끄러. 꺼져. (찜질방으로)
이나	(분명히 뭔가 있는데)

S#48—찜질방 안 D

노형태 선글라스 벗으며 들어오는데

백일홍	다해가 뭐 숨긴 게 있었니?
노형태	꼬맹이 헛소리야.
백일홍	시킨 일은 깔끔하게 처리한 거지?
노형태	(끄덕) 음.

백일홍　　근데 이런 게 왔다?

백일홍 등기 우편물 내민다. 다름 아닌 과속 과태료 고지서!
위반장소 '00군 00읍 00해수욕장 부근'

백일홍　　사고 난 날이지? 사고는 강에서 났는데 바다엔 왜 갔어?
노형태　　시킨 일 처리하고, 기분이 좀 그래서 바람이나 쐬려고.
백일홍　　그래? 핸드폰 좀 줘볼래?
노형태　　(순순히 핸드폰 건네면)
백일홍　　(최근통화목록, 메시지, 내비게이션 앱 등을 빠르게 훑어보더니)
　　　　　　 깨끗하네. 지나칠 정도로.
노형태　　…
백일홍　　차 빼.
노형태　　어디 가게?
백일홍　　니가 갔던 바다. 나도 바람 좀 쐬고 싶네?
노형태　　(다 틀렸다!)

S#49—찜질방 밖 D

찜질방 입구 앞에 차를 대는 노형태.

이나　　(열린 운전석 창문에 덥석 매달리며) 아줌마 살아있죠?
노형태　　! (보면)
이나　　아저씨가 아줌마 죽인 거 아니죠? 아저씨 그런 사람 아니
　　　　　 잖아요!

그때, 찜질방에서 나오는 백일홍

노형태   꼬맹이! (백일홍을 의식하고 일부러 더 위협적으로 노려보면)

이나   (안경 내리고 눈 똑바로 보고)

노형태   …… (말없이 잠시 노려보다가) 한 번만 더 얼쩡거리면 너도 죽는다.

백일홍   (차 뒷좌석에 타고) 가자.

차 떠나고 뒤에 남겨진 이나. 놀랐는지 얼어붙은 표정인데

S#50—복씨 저택 귀주 방 D

벌컥 방문 열고 다급히 뛰어 들어오는 이나

이나   아빠! 아줌마 어딨는지 알았어요!

귀주   …! (창가에 서 있다가 돌아보는) 뭐…?

이나   아줌마 살아있어요…!!!

귀주   그게… 정말이야…?

이나   (눈물 맺힌 얼굴로 웃으며 끄덕끄덕)

귀주   ……!!!

복만흠E   (7씬 연결) 완벽하게 행복한 시간. 도다해씨가 우리 귀주한 테 치는 마지막 사기가 되겠네.

S#51—복씨 저택 차고 (7씬 연결) N

복귀주가 나를 구하고 죽는다니…!
생각하는 다해. 순간 차분해지더니

다해 아니요. 행복하게는 안 돼요. 복귀주 살리려면.

복만흠 (보면)

다해 복귀주 제가 살릴게요. 능력을 되찾아준 게 나였으니까 도로 거둬들이는 것도 나예요.

복만흠 과거로 못 가게 만들겠다는…?

다해 내가 복귀주한테 치는 마지막 사기는, 행복한 시간이 아니라 불행한 시간이 될 거예요.

복만흠 (가능할까…? 두렵지만 조심스럽게 기대도 해보는데)

S#52—술집 룸 N

사고 전, 사방이 막힌 룸, 은밀히 머리를 맞댔던

노형태 초능력자를 속인다고?

다해 삼촌이 도와주면 가능해.

노형태 복귀주는 과거로 가. 사고가 난 시간으로 돌아가면 다 들통날 텐데.

다해 사고가 난 시간으로는 돌아갈 수 없어. 사고는 복귀주가 과거에 가 있는 사이에 일어날 거니까.

노형태 (그렇군)

다해 그리고 내가 그렇게 없어지면, 과거로 돌아가기 쉽지 않을

	거야. 내가 노리는 게 그거야.
노형태	미래에서 왔었다며. 사고가 날 걸 말해줬고.
다해	아무것도 바꿀 수 없다는 무력감이 복귀주를 무너뜨릴 거야, 예전처럼. 다시 우울해질 거야.
노형태	널 만나기 전으로 되돌리겠다?
다해	… (끄덕)
노형태	복귀주가 13년 전으로 못 가면? 넌 어떻게 되는데? 니가 소멸되는 거 아냐? 그 생각은 안 해?
다해	손부터 점점 투명해지다 사라질까 봐? 영화나 그렇고. (웃어넘기며 가볍게 툭) 뭐 사라져도 상관없고.
노형태	…!
다해	도와줘. 내 마지막 사기.
노형태	… (갈등하다가) 알았다. 할게.
다해	고마워.
노형태	복귀주가 아니라 너 살리려고. 엄마가 널 처리하래.
다해	…!
노형태	기어코 무릎을 꿇려야겠나 봐. 어떻게든 끝을 봐야 끝나겠어.
다해	… 고마워, 삼촌.

S#53—달리는 차/강변도로/절벽 D

(27씬 연결)

귀주	다녀올게.
다해	다녀와.
귀주	(눈 감고)

귀주 사라지고 혼자 남은 다해 얼굴이 싹 바뀐다.

뒤차가 상향등으로 번쩍번쩍 신호를 보내면,

다해 급하게 핸들 틀어서 갓길에 급정거한다.

바짝 뒤쫓아 오던 차도 그 뒤에 멈춰서고, 노형태 내린다.

무시무시한 연장을 꺼내 들고 다가오는 노형태,

다해가 차에서 내리면, 연장을 휘둘러 운전석 앞유리를 박살 내버린다.

그 사이 다해는 노형태 차에서 헬멧과 보호장구 꺼내 오고,

노형태 착용하고 다해가 거든다. 민첩하게 움직이는 두 사람.

노형태 보호장비를 갖추고 앞유리 박살 난 운전석에 올라타면

다해　　　조심해.

노형태　　(걱정 말라는 듯 끄덕)

노형태 차를 몰아 달린다. 속도를 높여 가드레일을 향해 돌진!

충돌하기 직전 몸을 던져 아슬아슬하게 빠져나오고,

빈 차는 가드레일을 뚫고 절벽의 나무(혹은 바위)를 세게 쾅!!! 들이박고

앞부분 무참히 찌그러진 채 멈춘다.

다해　　　(노형태에게 달려가며) 삼촌! 괜찮아?

노형태　　(바닥에 쓰러진 채 대답이 없고)

다해　　　(다쳤나?) 삼촌!!!

노형태　　(헬멧 벗어던지고 훅!) 좀 쫄았다. 오랜만에 하는 거라.

다해　　　(다행이다! 안도의 한숨)

다해, 노란 겉옷을 벗어 절벽 아래 강물로 던진다.

물살에 휩쓸려 멀어지는 노란 옷을 잠시 바라보며

다해E   안녕. 복귀주.

노형태가 몰고 온 차를 타고 떠나는 다해와 노형태.
다해 슬프게 돌아보며

다해E   부디 불행하길.

S#54—복씨 저택 밖 D

다급히 차를 몰고 나오는 귀주

이나E   서둘러요! 찜질방 할머니보다 먼저 아줌마 찾아야 해요!

S#55—달리는 노형태 차 D

내비게이션 소리 "경로를 이탈하여…"
일부러 길을 헤매는 노형태. 백일홍 룸미러로 가만히 노려보고

S#56—민박집 D

바닷가 작은 마을, 아담한 민박집.
다해, 귀주 이나와 셋이서 찍은 인생네컷 사진 본다.
유일하게 간직한 추억.

꼬마	(민박집 꼬마, 어느새 옆에 와서 빼꼼) 가족이에요?
다해	아니.
꼬마	가족 맞는데?
다해	아닌데? 다시는 안 볼 사람인데?
꼬마	아닌데? 아까부터 보고 또 보고 또 보고 또 보고…
다해	(슬프게, 피식)

S#57—달리는 귀주 차 D

차선을 바꿔 가며 전속력으로 다해에게 달려가는 귀주

S#58—달리는 노형태 차 D

백일홍	밟아. 해 떨어진다.
노형태	(하는 수 없이 속도 올리고)

S#59—민박집 (저녁)

민박집 문밖에 서는 차. 먼저 도착한 건 귀주다.

귀주	(차에서 내려 민박집 마당으로 뛰어 들어가면)
꼬마	(귀주 보더니) 거 봐! 가족 맞네!
귀주	(날 알아?)
꼬마	서울에서 온 언니 만나러 왔죠?

귀주   ! 그 언니 지금 어딨어?

꼬마   (바다를 가리키고)

S#60—바닷가 (저녁)

바닷가를 뛰어다니며 다해를 찾아 헤매는 귀주.

귀주   다해야! 도다해!

떨어진 모래사장에서 산책하고 있던 다해.
귀주 목소리를 듣고 귀를 의심한다. 너무 그리워서 환청이 들리나?
하지만 점점 가까워지는 목소리. "도다해!! 도다해!!"
소리가 들리는 쪽을 보면, 멀리 귀주가 보인다.
어떻게 알고 왔지???!!!
서둘러 반대편으로 달아나는 다해.
달아나는 뒷자락을 멀리서 귀주도 발견하고

귀주   도다해…???

거친 갯바위를 위태롭게 뛰어넘어가며 필사적으로 뒤쫓는 귀주.

귀주   도다해!!!

S#61—복씨 저택 거실 (저녁)

복동희　　(2층에서 내려오는) 귀주가 방에 없네?

소파에 앉은 복만흠, 엄순구, 가슴 덜컥 내려앉고

복만흠　　없어…?
엄순구　　또 그 강가에 가 있나?

이나가 가만히 다가온다.

이나　　　실은, 아빠 아줌마한테 갔어요.
복만흠　　?! 뭐…?
엄순구　　아줌마라니? 도다해 말이냐?
이나　　　찜질방 할머니 때문에 숨어 있었나 봐요.
복동희　　무슨 소리야?? 그럼 살아있었어??
복만흠　　그걸 어떻게…?
이나　　　아빠가 과거로 돌아가서 봤는데…
복만흠　　(자르고) 과거로 갔다고…? 그럴 리가, 못 갔잖아…!
이나　　　아빠 이제 괜찮아요. 아줌마도 데려올 거고.
　　　　　　그러니까 마음 놓으세요.
복만흠　　(벌떡) 아니야, 안 돼, 그러면 안 돼!
이나　　　…?
복만흠　　(무너지듯 주저앉는, 역시 안 되는 건가…?)
엄순구　　여보!
복동희　　엄마!
이나　　　할머니, 왜 그러세요?

복만흠   … (슬픔 어린 눈으로 이나를 지그시 보고)

이나   (안경을 벗으면)

S#62—바닷가 (저녁)

다해 정신없이 달아나다 모래사장 끝에 다다르고,
앞은 깎아지른 산으로 가로막혔고, 뒤로는 귀주가 바짝 따라붙는 게
보이고, 더는 달아날 곳이 없다.

귀주   도다해!!! (달려오는데)

다해   (돌아서서 버럭) 오지 마!!!

귀주   (멈칫) 뭐…?

다해   왜 왔어! 니가 여길 왜 와! 왜!!!

귀주   넌 왜 여기 이러고 있는 건데? 나는, 니가 그렇게 없어져서
            나는…! 내가 얼마나 찾았는지 알아??

다해   어떻게 찾았어?

귀주   멀쩡하게 살아있었으면서! 백여사 때문이야? 그럼 나한텐
            말을 했어야지!

다해   설마… 과거로 돌아가졌어…? (그럼 안 되는데!)

귀주   도대체 뭐야? 왜 이런 짓을 꾸민 건데, 나한테 왜 그런 거
            야 왜!!!

다해   니가 죽어…!

귀주   뭐…?

S#63—복씨 저택 거실 (저녁)

이나   (할머니와 눈 맞추고) ……! 아빠가… 죽어요…?

복만흠   ??!!! (마음을 읽었어?)

순구/동희 ??!!! (어떻게 알았지?)

이나   (충격으로 굳어버린 모습에서)

S#64—바닷가 (저녁)

다해   그러니까 돌아가.

귀주   …

다해   내 옆에 있으면 안 돼.

귀주   …

다해   이제 겨우 이나랑 화해했는데…

귀주   …

다해   이나 옆에 있어 줘야 하잖아. 같이 있어 준다고 약속했잖아.

귀주   …

다해   이나한테 가!

귀주   그러니까 이 모든 게, 내가 과거로 가는 걸 막으려고…?

다해   …

귀주   아무리 그래도 이건 너무 잔인한 거 아닌가?
        너 만나기 전에 내가 어땠는지 알면서, 다시 그때로 돌아가
        라고?

다해   …

귀주   처음부터 안 만났으면 모를까 널 만나버렸는데, 너 만나서
        다시 숨 쉬고, 걷고, 뛰고, 겨우 내가 나 같아졌는데, 도로

206

다 뺏어가 놓고 나더러 살라고?

살아질까? 그게 사는 걸까?

그렇게 이나 옆에 있는 게 무슨 의미지?

다해　그래, 이나는 핑곈지도 몰라, 사실은 내 욕심이야.

귀주　(보면)

다해　뛰지도 걷지도 못해도, 숨만 겨우 붙어있어도 좋으니까,

그렇게라도 니가 살아있어 주면 좋겠어.

그래도 니가 없는 것보다는 나으니까.

니가 없는 건…

(참았던 눈물이 왈칵 터지고) 그것만은 안 되겠어…!

귀주　…!

와락 다해를 끌어안는 귀주

귀주　머리 좋은 사기꾼인 줄 알았는데, 바보였네.

다해　(귀주 밀어내며) 가! 나한테서 떨어져!

귀주　(품에서 놔주지 않는) 바보인데다 아주 이기적인 여자네?

너도 못 하는 걸 나더러 견디라고?

미안하지만 나도 너 없는 건 안 돼!

다해　제발… 놔…

귀주　싫어. 내기는 내가 이겼어. 소원 들어줘.

다해　복귀주…!

귀주　사랑해…!

뜨겁게 입 맞추는 귀주.

다해도 슬프게 귀주를 받아들인다.

Insert⟩ 63씬

멍해지는 이나 얼굴.

큰 파도가 밀려와 입 맞추는 두 사람을 덮치고,
애절한 입맞춤에서.

— 10부 끝 —

11부

히어로는
아닙니다만

S#1—민박집 마당 N

젖은 옷이 빨랫줄에 널렸고

S#2—민박집 방 N

창 너머 파도 소리 들리는 아담한 방.
갈아입을 옷이 없는 귀주, 이불을 두르고 앉았다.

다해	추워?
귀주	아니.
다해	왜 그러고 있어?
귀주	(이불 사이로 다리 빼꼼 내밀면 민박집에서 빌린 짤뚱한 꽃무늬 몸빼바지가 나오고)
다해	이쁜데? (이불 들추고) 나와봐.
귀주	(이불 꽁꽁 싸매고) 싫어.
다해	좀 보자. 봐봐. (장난스럽게 이불 속을 헤치면)
귀주	안 돼! 하지 마! 어, 거긴 안 돼! 이 여자 못 쓰겠네!

귀주 이불 펼쳐서 다해를 폭 감싸 안아버리고,
다해 웃으며 잠시 안겼다가

다해	과거로 어떻게 돌아갔어?
귀주	도다해 없이 어떻게 행복했냐고?
다해	(그런 뜻은 아니지만)
귀주	가족은 떨어져 있어도 가족이니까.

다해	…
귀주	누가 그랬더라? 가족은 서로를 구하는 거라며.
	니가 나랑 이나 구해준 것처럼 나도 널… (읍! 갑자기 입 막힌)
다해	(손으로 입 막아버린)
귀주	(입 막힌 채 보면)
다해	구하지 마.
귀주	…
다해	가지 마.
귀주	…
다해	약속해!
귀주	(입 막은 손 가리키며, 이것 좀, 떼줘야 말하지)
다해	(떼주면)
귀주	안 가면? 지금까지 우리가 같이 보낸 시간이 사라질 수도 있어. 니가 우릴 구한 것도 다 없었던 일로.
다해	(쓸데없는 소리 하지 마! 다시 손으로 입 막으려는데)
귀주	(손 붙잡고) 이러니까 바보지. 누가 당장 간대?
다해	(보면)
귀주	너랑 나 오래오래 행복하게 잘 살다가 이나 다 크면, 아니다, 이나가 커서 애 낳고 그 애가 커서 결혼하는 것까지만 보고, 너무 욕심부리진 말고 한 99살쯤 먹었을 때? 그때 너 구하면 되는 거 아냐?

다해 피식 웃지만 불안한 마음은 가시지 않고,
귀주가 금방이라도 사라져버릴 것 같은 기분에 두 팔로 끌어안는다.
으스러질 듯 온몸으로 껴안고,
서로에게 파고들며 입 맞추는.

시간 경과〉

한 이불을 덮고 꼭 끌어안고 잠든 두 사람.

그 위로 내리는 어스름한 새벽빛.

귀주 가만히 눈을 뜬다.

S#3—바닷가 D

이른 아침 바닷가. 귀주 고요한 바다를 바라보고 섰다.

생각에 잠겼다가 무언가 결심이 선 듯 핸드폰을 꺼내고

S#4—해장국집 D

귀주, 안으로 들어오면 구석에서 백일홍과 노형태가 해장국 먹고 있다.

노형태, 귀주 보고 깜짝 놀라서 '여긴 왜 왔어! 다해는 어쩌고? 저리

가!' 백일홍이 눈치 못 채게 열심히 눈짓 보내는데

귀주 서슴없이 성큼성큼 다가오고

백일홍   (귀주가 올 걸 알고 있었던) 앉아.

노형태   (둘이 만나기로 한 거야?)

귀주   (앉고)

백일홍   혼자 왔나?

귀주   (물 가져온 해장국집 주인에게) 해장국 2인분 포장이요.

백일홍   역시 살아있었구나.

노형태   (젠장…)

백일홍   근데 난 좀 이해가 어렵네? 다해 일처리가 철저한 편이긴

	하지만, 나한테서 도망치느라 복귀주까지 속일 필요가 있었을까?
귀주	당신한테서 도망친 게 아니니까. 나한테서 도망친 거지.
백일홍	?
귀주	내가 도다해를 구하고 죽어. 날 살리려고 사라지기로 했던 거야.
백일홍	설명이 좀 불친절하네.
귀주	13년 전 화재에서 도다해를 구한 게 나였어.
백일홍	…?!
귀주	나한텐 아직 일어나지 않은 일이었고. 언젠가 반드시 내가 해낼 일이고.
백일홍	(사실이야? 노형태를 보면)
노형태	(끄덕)
백일홍	나한텐 여전히 좀 어려운데? 죽을 걸 알면서도 다해를 구하겠다는 건가?
귀주	맞아. 난 목숨 걸었어. 목숨 걸고 도다해 지킬 거야.
백일홍	…
귀주	그러니까 지금부터 다해한테 손대려는 사람은 그게 누구든 목숨을 걸어야 할 거야.
백일홍	(매섭게 노려보면)
귀주	(일촉즉발 맞붙는 눈빛)

S#5—민박집 방 D

다해 잠을 깨 눈을 뜨면 귀주가 보이지 않는다.
놀라 황급히 몸을 일으키고

214

S#6—민박집 마당 D

다해 방에서 뛰어나오는데, 해장국을 포장해 돌아오는 귀주.

귀주　　죽이는 해장국집이 있다 그래서.
다해　　(안도)

S#7—방파제 D

파도가 부서지는 방파제에 서서 생각에 잠긴 백일홍.

노형태　　(눈치 살피며 조심스럽게 입을 달싹이는데)
백일홍　　한마디도 지껄이지 마.
노형태　　(입 꾹)
백일홍　　(철썩거리는 파도를 응시하고)

S#8—바닷가 D

나란히 바닷가 산책하는 귀주, 다해.
잠시나마 둘만의 행복한 시간.
다해 시선 귀주 목덜미를 본다.

Flashback〉 5부 65씬
13년 전 다해를 구해줬던 이의 뒷목에 있던 붉은 반점.

현재〉

귀주 목은 반점 없이 깨끗하다.

귀주   뭘 자꾸 힐끔거려?

다해   아냐 아무것도.

귀주   내 목선이 좀 섹시하긴 하지?

다해   (픽) 그러게? 자꾸 끌리네?

귀주   대놓고 봐도 되는데. 방으로 갈까?

다해   (웃고) 그만 집에 가야지.

귀주   자기 혼자 바다 실컷 보고? 난 이제 여행 시작인데.

　　　　 (둘만의 시간을 좀 더 보내고 싶은데)

다해   가족들 기다려.

귀주   … 가족들은 다 알고 있었던 거지?

다해   이나만 빼고.

귀주   …

다해   이나도 곧 알지 않을까? 숨기기 쉬운 상대는 아니라.

귀주   (그 녀석 얼굴을 어떻게 보지…?)

S#9—복씨 저택 이나 방 N

구석에 몸을 웅크리고 숨어 있는 이나. '아빠가 죽는다고…?'

S#10—복씨 저택 거실 N

집에 돌아온 귀주와 다해.

엄순구, 복만흠, 복동희가 나와서 맞이한다.
복잡한 마음에 선뜻 서로에게 아무 말 건네지 못하고 섰다가

귀주 이나는…?

복만흠 이나도 다 알았다.

귀주/다해 …!

복만흠 나는 그동안 손녀 눈 한번 안 들여다보고 어딜 보고 있었던 건지. 먼 미래를 본답시고 바로 눈앞에 있는 건 못 봤어.

귀주/다해 …

S#11—복씨 저택 테라스, 2층 복도 N

이나, 귀주에게서 등을 돌리고 앉았다.

이나 내가 다 망쳤어요. 아줌만 아빠 구하려고 힘든 선택을 한 건데.

귀주 바보 같은 선택이겠지. 아무것도 안 망쳤어. 그런 생각하지 마. (이나 앞으로 가서 허리 숙이고 가까이 눈을 들여다보려는데)

이나 (돌아앉아 눈을 피하고)

귀주 아빠 좀 봐.

이나 (울컥 눈물 터지는) 안 볼래요, 못 보겠어요!

이나 방으로 뛰어가서 문을 닫아 걸고

귀주 (문 두드리며) 이나야, 열어 봐. 이나야!

복동희 (복도 저편에서 조용히) 나 좀 보자.

귀주   (보면)

S#12—복씨 저택 툇마루 N

찻잔을 놓고 마주 앉은 복만흠, 다해

다해   죄송해요. 제 사기가 완벽하지 못해서.
복만흠   도다해씬 충분히 할 만큼 했어. 귀주 위해서 어디까지 할
            수 있는지 보여줬어. 정말 고마워.
다해   전 아직 안 끝났어요. 다른 방법을 찾을 거예요.
복만흠   미래를 바꿀 방법은 어디에도 없어.
다해   저 구해준 사람 목 뒤엔 붉은 반점이 있었는데 귀주씨 목
            엔 없어요. 여사님이 꿈에서 단서를 좀 더 찾아봐 주시면…
복만흠   내 꿈은 예지몽이 아니었어.
다해   네?
복만흠   저주였어.

S#13—복씨 저택 동희 방 N

복동희   너 한번 잘 생각해 봐.
귀주   (보면)
복동희   도다해가 정말로 니 선택이었는지.
귀주   (무슨 뜻인지?)
복동희   엄마 꿈에 머리채 붙잡혀 끌려온 거 아니냐고.
            도다해가 니 짝이다, 니가 구해야 할 운명의 상대다, 그렇게

218

정해져 있다!

너도 모르게 아 그런가 보다 했겠지, 그러다 보니 좋아하는 감정도 생겼고, 도다해 구하는 게 뭔가 대단한 운명처럼 느껴지고. 그런 거 아냐?

귀주 그런 거 아냐.

복동희 그런 거야! 누나 말 듣고 정신 똑바로 차려!

귀주 (피식, 제법 누나처럼 구네?)

복동희 귀주 너, 내가 왜 이렇게 됐는지 알아?

귀주 ?

복동희 나한테 관심이 없어서 잘 몰랐겠지만 내가 그래도 꽤 주목받는 신인이었거든. 단숨에 메인모델로 피날레에 서게 됐어. 나한텐 절호의 기회였지. 그런데 쇼 전날 밤 엄마가 꿈을 꾼 거야.

귀주 (무슨 꿈?)

복동희 메인모델이 크게 다치고 쇼가 엉망진창이 될 거라고. 그러니 절대로 가지 말라고.

귀주 그래서…?

S#14—패션쇼장 (Flashback) D

쇼 당일 잠수 타 버린 메인모델 동희를 대신해 급하게 런웨이에 선 모델이 어마어마한 킬힐을 신고 위태롭게 비틀거린다.
객석 어둑한 뒤편에서 마스크를 쓰고 모자와 후드를 뒤집어쓴 복동희, 얼굴을 가리고 숨어서 조마조마 지켜본다.

복동희E 나를 위해 특별히 제작된 힐이었어. 나만 신을 수 있는.

동희가 신었다면 얼마든지 나는 듯이 사뿐사뿐 걸었을 테지만 갑자기
대타로 선 모델에게는 역부족이고, 결국 발을 삐끗하며 휘청하더니
높은 무대 아래로 머리부터 곤두박질치고 만다! 꺅!!! 찢어지는 비명.
웅성거리는 사람들. 정신없이 터지는 카메라 플래시. 사색이 된 디자
이너.

아수라장이 된 패션쇼장에서 인파를 헤집고 도망치는 동희.

죄지은 사람처럼 허겁지겁 쇼장을 빠져나가는…

복동희E   결국 쇼는 내가 망쳐버린 거야.

S#15—복씨 저택 동희 방 N

복동희   좀 이상하지 않니? 애초에 그 꿈 아니면 일어나지도 않았
         을 일이야.

귀주   그러네.

복동희   결국은 엄마 꿈에 휘둘린 거였어. 엄만 내가 사람들 앞에
         나서는 걸 반대했거든. 능력을 들킬까 봐.

귀주   …

복동희   엄마 꿈을 무릅쓰고 내가 쇼에 섰더라면 어땠을까? 내 손
         으로 미래를 바꿀 순 없었을까? 머릿속에 계속 맴도는 그
         생각을 지우려면 입안에 뭔가 쑤셔 넣지 않으면 안 됐어.
         끝도 없이 집어넣고 또 집어넣고…

귀주   …

복동희   넌 나처럼 엄마 꿈에 갇히지 마.
         엄마 꿈은 반드시 현실이 된다, 엄마 말 안 들면 큰일 난다,
         그거 다 부모가 자식 길들이는 가스라이팅이야.

미래는 바꿀 수 있어! 난 못했지만⋯ 넌 꼭 해내!

귀주 ⋯

S#16—복씨 저택 뒷마루 N

복만흠 동희가 불행해질 거야.

다해 네?

복만흠 꿈에 어떤 여자랑 머리채를 잡고 싸웠는지 둘 다 머리가
산발이 된 걸 봤어. 그것도 신혼집에서. 조지한 그놈한테
다른 여자가 있는 거야. 동희가 서럽게 울고 있었어.

다해 ⋯!

복만흠 그렇게 꿈꾸고 싶을 땐 안 꿔지더니 다시는 꿈꾸지 않기로
맘먹으니까 오히려 빌어먹을 꿈이 자꾸 꿔져!

다해 꿈에서 본 거 말씀하시고 결혼을 말리면⋯

복만흠 (자르고) 난 말 못 해. 동희 꿈 망친 걸로 모자라 그렇게 원
했던 결혼까지 가로막아? 다시는 꿈 꾸고 싶지 않아! 그동
안 나는 미래를 본 게 아니야. 내 새끼들 지옥으로 몰아넣
는 저주를 내린 거라고⋯!

다해 (안타까운)

S#17—복씨 저택 이나 방 N

이나 (침대에 웅크린) 저주는 나예요.

다해, 이나 침대에 걸터앉았고

이나	엄마도 내 생일에… 아빠도 내가 태어난 시간에서…
다해	이나야, (눈 맞추려는데)
이나	(이불 머리끝까지 뒤집어 써버리는) 보지 말았어야 했어요.
	다른 사람 눈. 다신 안 보고 싶어요.
다해	… (보다가) 이 집안에 저주가 내리긴 내렸네.
이나	(이불속) …?
다해	남들은 갖고 싶어도 못 갖는 걸 손에 쥐고 태어났으면서 감
	사할 줄도 모르고, (Insert〉 복동희 얼굴 위로) 남들한테 들
	킬까 봐, (Insert〉 복만흠 얼굴 위로) 혼자서만 가지려고, (이
	불 속 이나 얼굴 위로) 지레 겁먹어서, 제대로 펼쳐보지도 못
	하고 주저앉는 저주.
이나	(이불 속) …
다해	그 저주. 내가 풀게.
이나	(스륵 내려가는 이불, 저주를 푼다고?)
다해	할머니가 꿈에서 본 미래를 바꿀 거야.
	저주 풀고, 니 아빠, 복귀주도 살릴 거야. (단단한 눈빛에서)

S#18—신혼집 D

함께 살 신혼집을 둘러보는 동희와 조지한.
넓은 테라스가 딸린 전망 좋은 집. (고층 혹은 높은 언덕에 위치)

조지한	(테라스로 동희를 안내하는) 짠! 전망 죽이지?
복동희	음 뭐.
조지한	(동희 시원찮은 반응에도 눈치 없이) 좋아할 줄 알았다! 너 높
	은 데서 내려다보는 거 좋아하잖아. 내가 이 집 찾느라고

발품을 얼마나 팔았는지 알아? 그럼 계약한다?

복동희 … (머뭇) 저기, 지한씨, 우리 집에 들어가서 살래?

조지한 (얼굴 싹 식고) 처가살이를 하라고?

복동희 왜, 우리 집이 무서워?

조지한 아니, 난 딱히 상관없는데, 동희 니가 가족들 지긋지긋하다며. 벗어나고 싶다며. 너 그 집에서 꺼내주려고 내가 이렇게 근사한 집까지 구한 거 아니야.

복동희 그랬지… 내가… (사실 기대도 안 했다) 그냥 해본 소리야.

조지한 와 올해 들은 말 중에 가장 오싹했다. 어후 등줄기 식은땀 봐. (당연한 듯 너무 자연스럽게) 계좌 번호 보낼 테니까 보증금 쏴줘. 보증금이 좀 센데 대신 내가 얘기 잘해서 월세 좀 낮췄다. (큰일 해낸 듯 생색까지 내는)

복동희 …

S#19—한강 주차장 D

한적한 곳에 주차해 놓고 차에서 몰래 데이트 중인 조지한.
바람녀와 포옹하고 키스하는 모습, 찰칵, 찰칵, 카메라에 담기고.

S#20—바람녀 집 앞 D

데이트 후 집 앞까지 바람녀 데려다주는 조지한.
매너 있게 차 문 열어주고 손도 잡아주고 뽀뽀 인사까지 하고,
바람녀 집에 들여보내고 차에 타는데, 핸드폰 메시지 알림음.
폰 확인하는 조지한 얼굴 하얗게 질린다.

차에서 바람녀와 포옹하고 키스했던 사진들 하나씩 차례로 전송되더니, 바로 조금 전 바람녀 손잡아 주고 뽀뽀했던 사진까지 날아온다.

조지한　　어떤 놈이야!

휙휙 주위를 둘러보면, 길 건너편 차에서 손을 흔드는 다해.

조지한　　??

S#21―으슥한 일각 D

다해　　복씨 집안 사람이 되려면 각오가 필요해.

조지한　　(이 여잔 뭐지? 지은 죄가 있어서 일단 잠자코 듣는)

다해　　그 집에 비밀이 있거든. 아직 눈치 못 챘지?

조지한　　예…?

다해　　(상체 앞으로 기울이고 속삭이는) 그 사람들, 초능력가족이야.

조지한　　예에…?

다해　　장모는 미래를 봐. 처남은 과거를 보고. 조카는 마음을 봐. 그리고 그쪽이랑 백년가약을 맺을 예비신부는 무려 하늘에서 내려다봐. 머리 꼭대기에 드론 띄우는 거라고.

조지한　　무슨 소릴…?

다해　　당신이 어디서 무슨 헛짓거리를 하든 앞, 뒤, 속까지 까뒤집어 탈탈 털릴 거란 소리지.

조지한　　아 네… (벙쪘다가) 근데 누구세요?

다해　　(상체 세우고) 비슷한 길을 걸어왔던 사람으로서 조언해 주는 거야. 결혼 포기해. 그러는 게 본인한테도 좋아.

조지한	재미없는 장난 그만하고 원하는 금액이나 불러. 얼마?
다해	못 물러나겠다?
조지한	일생일대 혼테크를 코앞에서 날려? 이 정도는 투자라고 생각해야지. 2천? 어때?
다해	동그라미 하나만 더 써.
조지한	(헉!) 2억??
다해	결혼식장 입장 전까지 준비 못 하면, 내가 보내준 인증샷, 결혼식장 대형화면으로 보게 될 거야.

다해 돌아서는데,
조지한이 뒷덜미를 거칠게 잡아채고 핸드폰 뺏으려는

조지한	이게 누굴 개호구로 보고!! 어디서 협박이야!!

그때, 조지한 손목을 휘어잡아 팔을 꺾어버리는 노형태.

노형태	협박은 이렇게 하는 거고.
다해	(삼촌…!)
조지한	아아! (아픈) 아니, 그게 아니고, 내가 진짜 돈이 없어서 그래요! 내가 풍기는 느낌이 좀 고급스러워서 오해했나 본데! 나 돈 없어요! 아니! 결혼식이 코앞인데 당장 어디서 돈을 구하라구!!!…요.
다해	그럼 결혼을 접어.
조지한	(접으라고?)
다해	간단하지?

S#22—편의점 밖 D

노형태 편의점 바깥에 깔아놓은 간이 테이블에 앉았고,
다해가 편의점에서 초코우유를 사와서 건넨다.

노형태   (빨대 쪽쪽)
다해   괜찮아? 나 때문에 엄마 배신한 거 들켰는데.
노형태   내가 여기 왜 왔을 거 같아?
다해   (피식) 엄마가 아직도 나한테 미련을 못 버렸구나?
        내가 그렇게 좋대?
노형태   한가하게 남 일이나 참견할 때가 아니야.
다해   삼촌도 내 일에 참견 그만하고 이제부터 엄마가 시킨 일이
        나 잘해.
노형태   (보면)
다해   13년 전에 죽을 운명이었는데 이만큼이나 더 살았으면 됐지.
        내 작품에 흠집만 내지 마.
        (그것만은 용서 못 한다는 눈빛으로 보면)
노형태   (죽는 것도 상관없어?) 그렇게까지 복귀주 살려야겠어?
다해   (두려울 것 없는) 엄마한테 내가 기대한다고 전해줘. (가고)

S#23—찜질방 N

노형태에게 보고 받은 백일홍.

백일홍   (코웃음 픽) 이것들이 아주 서로 앞다퉈서 목숨을 내놔.
        눈물겨워 못 봐주겠다.

노형태 …

백일홍 (잠시 생각하더니) 그레이스 불러.

S#24—중학교 댄스 동아리실 D

어두운 얼굴로 턱 괴고 창밖을 내다보는 이나.
다른 아이들은 경연대회를 앞두고 댄스 연습 중인데, 혜림이 빠졌고
준우가 돌아와 있다. 혜림의 빈자리 탓인지 그리 순조롭지는 못한 분
위기.

준우 (연습하다가 다가와서) 복이나 뭐해? 같이 연습하자.
이나 (다시 예전처럼 눈을 피하는) 미안. 나 먼저 갈게. (가고)

S#25—중학교 복도 D

준우 따라나와 이나 붙잡는

준우 무슨 일이야?
이나 (눈 피하고)
준우 무슨 일 있잖아. 말해봐. 뭔데?
이나 (눈 피하는) 말 못 해. 말해도 못 믿을 거고. (가고)
준우 …?

혜림이 복도 모퉁이에서 나타나서 그런 두 사람 본다.

준우	(혜림 보면)
혜림	(둘이 잘 안 풀리나 봐? 쌤통이다! 돌아서고)

S#26—복씨 저택 이나 방 N

구석에 숨어서 핸드폰 들여다보는 이나

귀주	(똑똑 노크하고 들여다보는) 자?
이나	(얼른 이불 뒤집어쓰고 자는 척)
귀주	…

S#27—복씨 저택 2층 복도, 동희 방 N

이나 방 문 닫는 귀주, 낮은 한숨 쉬며 돌아서는데,
동희 방 조금 열린 방문 틈새로 빛이 새어 나온다.

귀주	(문밖에서) 누나, 안 자?
복동희E	(방안에서 다급히) 으음!
귀주	뭐라고?
복동희E	(입을 틀어막힌 채 저항하는 듯한 목소리) 우으으음!
귀주	뭐야? 누나? 괜찮아? (문 활짝 열어보더니, 헉!)

방바닥에 피자, 치킨, 족발, 곱창, 도넛, 칼로리폭탄 배달음식 잔뜩 펼쳐 놓고, 손이며 입가에 크림 잔뜩 묻힌 채 도넛을 쑤셔 넣는 중이던 동희.

귀주	아…
복동희	(입안 가득 물었던 음식을 겨우 삼키고) 문 닫으라니까…! (수치스러운)
귀주	왜 숨어서 먹어? 죄짓는 것처럼.
복동희	(티슈로 손과 입가 닦고) 죄인 맞지. 날지도 못하는 주제에.
귀주	…
복동희	원래대로 돌아갈 수 있을 줄 알았는데 결국 이렇게 또. 진짜 내 모습은 영원히 못 찾는 건가…?
귀주	누나 원래도 그렇게 마른 편은 아니었는데?
복동희	너 나 이십 대 때 기억 안 나?
귀주	그보다 더 전에 초등학교 때.
복동희	흑역사 들추지 마라.
귀주	내 기억엔 그때가 누나 리즈 시절인데?
복동희	(놀라나?) 닥치고.
귀주	나 초등학교 때 병원 입원한 거 기억나?
복동희	너 처음 능력 나타났을 때? 기억나지. 오토바이에 친 강아지 구한다고 몇 날 며칠 밥도 안 먹고 과거에서 헤매다가 결국 영양실조로… (보면) ?!

귀주 사라지고 없다.

복동희 어디 간 거야?

S#28―입원실 (타임슬립) D

9세 어린 귀주가 환자복 차림으로 링거 꽂고 힘없이 앉았고,

간이 테이블에 맛없어 보이는 멀건 환자식이 놓였다.
맞은편에 앉은 통통한 어린 동희

어린 동희 밥 먹어.

어린 귀주 안 먹어.

어린 동희 (숟가락 쥐여주고) 너 밥 안 먹어서 아픈 거래.

어린 귀주 (숟가락 내려놓고) 먹기 싫어.

어린 동희 안 먹으면 엄마한테 혼나!

어린 귀주 누나가 먹어줘.

어린 동희 나는 먹으면 혼나고!

어린 귀주 엄마 오기 전에 빨리.

어린 동희 에휴 진짜! (실은 먹고 싶었다) 그럼 내가 먹는다?

어린 귀주 (끄덕끄덕)

어린 동희 복스럽게 밥 한가득 푹 떠먹는다.
반찬도 골고루 집어 먹고, 국도 맛있게 후룩후룩,

어린 귀주 (보다가) 맛있어?

어린 동희 응. 맛있어.

어린 귀주 (동희 먹는 모습 보기만 해도 군침이 도는) 나 한 입만.

어린 동희 아 해! (크게 밥 떠서 반찬 올려 입에 넣어주고) 어때? 맛있지?

어린 귀주 (끄덕끄덕) 누나가 먹는 거 보면 기분 좋아져. 나도 막 먹고
싶고.

어린 동희 (헤헤) 그래?

어린 귀주 누나 밥 먹는 거 찍어서 TV에 틀어도 되겠다. 사람들 입맛
돌고 기운 나라고.

어린 동희 (깔깔) 야 말도 안 돼! 그런 걸 누가 보냐?

어린 귀주   (낄낄) 프로그램 제목은 먹방 어때? 먹는 방송.

"웃기지 마! 그런 방송이 어딨어?", "누나는 먹방으로 탑스타가 될 거야!" 낄낄거리며 사이좋게 환자식 나눠 먹는 어린 남매.
동희 덕에 기운을 차릴 수 있었던 귀주였다.
그 모습을 어른이 된 귀주가 미소 띠고 바라본다. (타임슬립)

귀주   내 기억이 맞네.

S#29—복씨 저택 동희 방 N

귀주 현시점으로 돌아와 있고

귀주   다시 봐도 누나 그때 진짜 예뻤어.

복동희   …! (쑥스러워 괜히) 그때 찍은 사진, 졸업앨범 싹 다 없애버 렸는데…

귀주   내 눈으로 똑똑히 보고 왔어.

복동희   돌아갈 과거가 없어서 하필, 이런 걸 재능 낭비라고 하는 거야.

귀주   나는 그때가 진짜 누나 같아. 누나 그때 오히려 더 잘 날았 어. 무슨 꿀벌 같았어. 하도 붕붕 날아다녀서.

복동희   그랬나…?

귀주   몸무게가 문제가 아닌지도 몰라.

복동희   …

귀주   무엇보다 그때 누난 행복했어. 누나랑 있는 게 나도 행복했고.

복동희   (울컥…!)

귀주	(마지막이 오기 전에 누나에게 꼭 해주고 싶은 말이었다)
복동희	귀주야, 나 왜 안 행복하니?
귀주	…
복동희	뚱땡이 초딩 때보다 지금이 훨씬 날씬한데…
	그렇게 사랑했던 사람이랑 드디어 결혼도 하는데…
	(눈물 핑) 근데 나 왜 하나도 안 행복하지…?
귀주	이유는 이미 알고 있는 것 같은데.
복동희	?
귀주	사랑했던 사람이라고. 과거형으로 말했어 방금.
복동희	(내가 그랬나…?)

S#30—으슥한 일각 D

다해 앞에 툭! 가방을 던지듯 내려놓는 조지한.

다해	?! (정말 돈을 가져올 줄은 몰랐다. 가방 열어 현금 확인하고 약
	간 당황) 돈을 구했네? 어디서?
조지한	알 거 없고. 금액 정확히 맞췄으니까 딴소리 마라.

조지한 종종걸음으로 도망치듯 가버린다.
돈가방 들고 내려다보는 다해.
결혼을 막는 게 목적이었는데 돈을 받아버렸네? 이를 어쩐다?

그레이스	(왁! 놀래키는) 도다리 언니!!!
다해	?!
그레이스	살아서 만나다니 반갑다! (두 팔 벌리고 끌어안으려는데)

다해	(뒤로 한 걸음 물러나는)
그레이스	안는 건 좀 오버지?
	그래, 그 정도 사이까진 아니었다 우리가.
	못 보던 가방이네? 이쁘다? 어디 거야? (가방에 손 뻗는)
다해	(뒤로 물러나는데, 열린 가방 안 돈다발이 보이고)
그레이스	어머? 속이 아주 꽉 찼네? 실속은 혼자 다 챙기고.
다해	엄마가 보냈어?
그레이스	요즘 작품 하나 하는 중이라고 삼촌한테 들었어. 나도 껴줘.
다해	(끝까지 날 방해하려는 건가?)
그레이스	우리 복덩어리 조지한 같은 놈한테 신세 조지는 거 차마
	못 보겠어서. 그리고 조지한 원래 내 담당이야. 내 밥그릇
	이라고.
다해	(진심인가? 무슨 꿍꿍이지?)

S#31—신혼집 N

드문드문 가구 몇 개만 들어와 있고 거의 비어있는 상태.
테라스에서 분위기 잡고 와인 마시는 조지한과 바람녀.

바람녀	(와인잔 챙 부딪혀 건배하고) 내일이면 오빠 유부남이네?
조지한	서운해?
바람녀	아니? 원래 라면은 남의 라면 한 젓가락 뺏어 먹는 게 제일
	맛있어.
조지한	(웃고, 둘이 함께 와인 마시고)

S#32—신혼집 밖 N

복동희, 그레이스, 신혼집 밖에 와 있고

복동희　결혼선물을 보냈다고?

그레이스　배송이 너무 일찍 와버렸네?

복동희　뭘 보냈길래 이 밤중에 사람을 불러내…

그레이스　생물이라 금방 썩거든. 신혼집 구경도 좀 할 겸. (팔짱 끼고 안으로)

S#33—신혼집 N

아직 커버도 안 씌운 침대 매트리스에 요염하게 눕는 바람녀

바람녀　라면 주인이 먹기 전에, 한 젓가락 뺏어 먹어볼까?

조지한　(흐흐) 과감하네? 이러려고 여기서 보자 그랬어?

바람녀　뭔 소리야? 오빠가 이리로 불러놓구?

조지한　내가?

그때 갑자기 도어락 소리

조지한　(화들짝!) 숨어숨어! 들어가! (바람녀를 옷장 혹은 화장실에 밀어 넣고)

안으로 들어오는 동희, 그레이스

복동희　지한씨? 있었네?

조지한　동희야! 왔어?

그레이스　오빠 안녕?

조지한　어, 그레이스? 오랜만…

복동희　(테라스에 놓인 와인잔 두 개 보는 시선)

조지한　(다급히) 서프라이즈! 하려고 했는데… 어떻게 알고 왔어? 통했다?

그레이스　내가 보낸 선물이 여기 어디 있을 텐데?

　　　　　(킁킁 냄새 맡으면서) 봐봐, 벌써 썩은 내가 진동을 하네?

　　　　　(벽장 혹은 화장실 문 활짝 열어젖히면)

바람녀 엉거주춤 서서 뻘쭘하게 배시시

복동희　!!! (단숨에 상황 파악되는)

바람녀　오빠가 샐러드 카페 차려준다 그래서요. (눈치 보다 후다닥 달아나고)

조지한　(빛의 속도로 무릎 꿇고) 내가 잘못했다! 한 번만 봐줘!

복동희　… (허탈하게 보다가) 이 집 계약은 취소해야겠다.

조지한　그래! 알았어! 니가 원하는 대로 니네 집 들어가서 살게! 너를 위해서라면 나 처가살이도 할 수 있어! 겨우 이런 걸로 결혼 취소할 거 아니지? 결혼식장이랑 신혼여행 위약금 그거 다 어쩌려고?

복동희　어차피 내 돈이고.

조지한　너만 돈 쓴 거 아니야! 내가 이 결혼을 지키려고 얼마나 큰 돈을 썼는지 알아? 내가 그 돈을 어떻게 구했는데… (무릎 펴고 일어나고)

복동희　결혼을 해야 하는 이유, 돈 말고는 없구나?

235

조지한   그게 아니라…

복동희   (자르고) 알고 있었어. 내가 봐도 나한테 돈 말고 사랑스러
          운 구석이라곤 없었으니까. 그렇게라도 니가 날 원하면, 사
          랑해 주면, 나도 날 사랑할 수 있을 것 같았어.

조지한   (얼른 도로 무릎 턱 꿇고) 사랑해!!! 사랑한다 동희야!!!

복동희   … (지나간 사랑이 허무하고) 너무 늦었어.
          너 말고 나 예쁘다고 말해주는 사람도 생겼고.

조지한   너 딴 놈 생겼어?

복동희   무슨 상관이야? 우리 사이에 정리할 거라곤 돈밖에 안 남
          은 것 같은데. 병원 차려줄 때 빌려준 돈이나 갚아.

조지한   (벌떡 일어나) 야 복동희!

다해E   벌써 받았어요.

다해, 현금이 든 가방을 들고 들어온다.

조지한   ???!!!

다해   형님 대신 미리 받아놨어요.

복동희   도다해…!

조지한   형님…?

그레이스   우리 복덩어리 물렁해서 제대로 돈이나 받겠냐고.

조지한   뭐야… 이것들이 다 한통속으로… 날 속였어???
          내 돈 돌려줘! (다해에게 덤벼들면)

다해   (그레이스에게 돈가방 패스)

그레이스   (돈가방 들고 테라스로 달아나며 살살 약 올리는)

조지한   동희야! 그레이스 이거 아주 나쁜 년이야! 이게 무슨 짓을
          했는지 알아?

복동희   알아. 너랑 호텔 간 거.

236

조지한   그래!!! (응?) 알아…?

그레이스   몸은 엑스스몰로 줄었어도 그릇은 여전히 엑스라지 대인배.

         이런 복덩어리를 오빠 왜 걷어찼니?

조지한   (돈가방 거칠게 붙잡고) 닥쳐!!! 내 돈 내놔!!!

다해와 복동희, 그레이스를 도우려고 뛰어오는데,

조지한이 그레이스를 테라스 난간 쪽으로 밀어붙이고,

난간이 부서지며 그레이스 가방 끌어안은 채 추락하고 마는데!

다해   !!!

복동희   !!!

조지한   (내가 무슨 짓을 한 거지?! 겁에 질려 허겁지겁 달아나고)

다해   (부르짖는) 그레이스!!!

슬로우로 추락하는 그레이스를 내려다보는 복동희.

까마득한 발밑을 보자 순간 두려움이 스치는 눈빛.

Flashback〉 동희 어린 시절, 복씨 저택 주방

통통한 어린 동희가 복스럽게 닭다리를 뜯으면, 꾸중하는 젊은 복만흠.

복만흠   넌 또 먹니? 그러다 못 날아!

Flashback〉 동희 20대 시절, 복씨 저택 동희 방

모델 데뷔 선물로 받은 하이힐 신고 날아갈 듯 붕 떠오르는 날씬한

동희. 문밖에서 못마땅하게 바라보며 꾸중하는 복만흠.

복만흠   사람들 본다! 함부로 날지 마!

현재〉

주저하는 동희. '내가 날 수 있을까…?'
귓가에 울리는 복만홈 목소리.

복만홈E   넌 못 날아! 날지 마! 들키지 마! 날면 안 돼! 넌 못 날 거야!

주먹 꽉 쥐고 목소리에 맞서는 동희.
어금니 꽉 깨물고 온몸에 있는 힘껏 휘을 주면,
테라스 바닥 작은 모래알과 먼지들이 스스스 떨리며 동희 발 주변으로
모여들더니 순간 사방으로 쫙! 퍼지며 공중으로 솟구쳐 오르는 동희!

다해   (날았다……!!!!)

바닥을 향해 내리꽂듯 빠르게 하강,
그레이스가 바닥에 떨어지기 직전 와락 끌어안고,
다시 하늘 높이 휙 날아오른다!

S#34—신혼집 밖 N

조지한   (정신없이 도망쳐 나오는) 내가 안 그랬어, 사고야, 내가 한 거
아니야!

혼이 나가서 두리번거리다가 문득 하늘을 올려다보고 우뚝!
그레이스를 안고 하늘을 나는 동희 보인다!
허……!!!

S#35—하늘 N

그레이스   (동희 품에 안긴 채 얼떨떨하다가 겨우 정신 차리고) 뭐야…?
어떻게 된 거야…? 나… 나는 거야…?

복동희   소원이라며.

그레이스   복덩어리…! 날았어…???

복동희   (씩 웃고)

그레이스   해냈구나!!! (놀라 돈가방 놓칠 뻔!)

복동희   야야! 잘 잡아!

그레이스   어어! 잡았어! 잡았어!

복동희   꽉 잡아! (속도를 올리고)

그레이스   (꺄아!!!!!!!!!!!!!!)

탁 트인 하늘, 바람을 가르며 자유롭게 나는 두 여자에서.

S#36—신혼집 N

테라스로 사뿐 착지하는 동희, 그레이스 내려놓으면,
바람에 둘 다 머리가 산발이다.

복만흠E   꿈에 어떤 여자랑 머리채를 잡고 싸웠는지 둘 다 머리가
산발이 된 걸 봤어. 그것도 신혼집에서.

다해   꿈에 보이는 게 전부가 아니었어…!

복동희   올케…!!! 내가 날았어…!!!

동희, 드디어 날았다는 사실에 감격해서 울음을 터뜨린다.

복만흠E   동희가 서럽게 울고 있었어.

다해E   설움이 아니라 기쁨의 눈물이었고…!

다해, 그레이스, 셋이서 얼싸안고 감격의 순간을 나누는.

S#37—복씨 저택 거실 D

다해   저주가 아니었어요.

소파에서 복만흠, 엄순구, 듣고

다해   여사님 꿈, 예지몽이 맞아요.
            여사님이 형님 미래를 봐줘서 뭔가 준비할 수 있었던 거고,
            덕분에 불행을 피한 거예요.

복만흠 앞 테이블에 돈가방 턱! 내려놓는 동희.

복만흠   …! (보면)
복동희   똥차에 치일 뻔한 걸 똥 밟는 정도로 면했네?
엄순구   꿈보다 해몽이었다…?!
다해   아버님은 잘 아시겠죠. 미래를 마냥 기다린 게 아니라 꿈
            을 실현시키기 위해 필요한 일들을 하셨잖아요.
엄순구   (끄덕끄덕)
복만흠   …
다해   꿈을 바꿀 순 없지만 어떻게 받아들일지는 선택할 수 있
            어요.

240

2층 난간에서 내려다보는 이나.
그 옆으로 가만히 다가오는 귀주.

다해   꿈에서 본 게 전부가 아닐 거예요.
       두려워 피하는 바람에 미처 다 못 본 걸 수도 있어요.
       그러니까 계속 꿈꾸세요. 복귀주 살릴 수 있어요.

복만흠   …

엄순구   당신 꿈이 우리 집에 구원자를 데려왔네요.

복동희   (인정한다는 듯 끄덕끄덕)

복만흠   … (가만히 듣다가) 근데 좀 불쾌하네.

다해   ?

복만흠   동희는 형님. 이 사람은 아버님. 왜 나만 여사님이야?

다해   …!

순구/동희   (피식 웃고)

다해   (쑥스러워 웃고)

복만흠, 엄순구, 복동희, 다해, 귀주를 살리겠다는 의지와 희망으로
뭉치고.

이나   (2층에서, 아빠를 살릴 수 있을까…?)

귀주   (조용히) 아빠랑 어디 좀 갈까?

S#38—동물원 출입구 D

동물원 출입구. 그런데 '관람 시간 종료 30분 전' 안내문 붙었다.
관람을 마친 사람들 줄줄이 퇴장하는 게 보이고.

매표소 직원 이미 셔터 내리는 중이다.

뒤늦게 약속을 지키려 동물원에 이나를 데려온 귀주, 난감하다.

귀주　　　아…

이나　　　여긴 왜 왔어요?

귀주　　　오래전 니 생일… 못 지켰던 약속 지키려고…

이나　　　(7년이나 걸려서 오는데, 끝내 다다르지 못하는 건가?) 결국 못
　　　　　　가네요.

귀주　　　다음에 다시 오자. 다음엔 아빠가 제대로 알아볼게.

이나　　　다음이… 없으면요?

귀주　　　다음이 왜 없어?

이나　　　(어두워진 얼굴)

귀주　　　(성큼성큼 매표소로 달려가더니) 두 장 주세요.

매표 직원　시간 다 끝났는데요.

귀주　　　(지갑 꺼내는) 괜찮아요! 주세요!

S#39—동물원 D

이나 손을 붙잡고 달리는 귀주.

관람을 마친 사람들은 모두 출입구 쪽으로 우르르 몰려나오는데,

퇴장하는 사람들의 물결을 거슬러 반대 방향으로 뛴다.

아빠 손에 이끌려 마구 달음박질치면서 이게 뭐 하는 짓인가 싶으면
서도 돌발 상황이 싫지만은 않은 이나, 점점 얼굴 밝아지고.

숨 가쁘게 달려가 솜사탕 가게에 다다르고,

커다란 솜사탕을 내미는 귀주.

귀주	끝인 것처럼 보여도, 항상 그다음이 있어.
이나	(솜사탕 받아들고)
귀주	이나가 태어난 시간도 끝일 리가 없어. 오히려 거기서 모든 게 시작되는 거야. 아빠가 도다해 구하고, 도다해가 우리 가족 구하고. 니가 아빠 꿈 이뤄주는 거야. 내 행복한 시간으로 다 같이 행복해지는 꿈.
이나	…

이나 애써 억눌러왔던 설움과 두려움이 울컥 터져 나오고.

귀주	(이나 안경 벗기고 눈물 닦아주며 눈을 맞추려는데)
이나	(고개 돌려 눈 피하고)
귀주	마음을 보는 게 슬플 거야, 고통스럽고. 남들이 못 보는 걸 본다는 건 외롭고 무서운 일이니까.
이나	…
귀주	아빠도 저주라고 생각했었어. 차라리 아무것도 안 보고 싶기도 했고. 근데 그랬더니 남들이 다 보는 것도 못 보게 되더라. 바로 눈앞에 있던 너도, 너무 보고 싶어도, 볼 수가 없었어.
이나	…
귀주	(이나 눈을 똑바로 응시하는) 피하지 마. 아빠도 안 피할 거야.
이나	(고개 들어 아빠와 눈을 맞추고)
귀주	니가 온 시간은 아빠 인생 최고의 선물이야. 아빤 그 선물 받을 거야. 안 피해. 소중하게 받을 거야.
이나	아빠…!

이나를 따뜻하게 안아주는 귀주

이나	다음엔… 일찍 와요.
귀주	(끄덕)
이나	다음엔… 아줌마도 같이.
귀주	(끄덕)
이나	다음엔… 츄러스… 실은 나 츄러스 좋아하는데.
귀주	(웃으며, 끄덕끄덕)

S#40—복씨 저택 밖 N

다해, 쓰레기를 버리러 나왔다가,
어둑한 그늘에서 이쪽을 염탐하던 노형태를 발견한다.
노형태 오토바이 타고 가고, 다해 이대로는 안 되겠다 싶은데.

S#41—찜질방 불가마 D

수건을 뒤집어쓴 백일홍 굵은 땀이 뚝뚝 떨어지고

노형태	(문 열고) 손님 왔어.
백일홍	(손님이 올 걸 알고 있었던) 좀 기다리라고 해야겠다.

S#42—찜질방, 찜질방 식당 D

백일홍 깨끗하게 땀을 씻고 옷도 제법 갖춰 입고 여자탈의실에서 나
오면

다해	왜 이렇게 사람 기다리게 해?
백일홍	너도 왔니?
다해	(너도?) 나 말고 또 누가 있어?
백일홍	선약이 있어. 넌 좀 기다려. (식당으로 향하고)
다해	? (따라가 보면)

복만흠이 먼저 와서 식당에 앉았다.

다해	…!
백일홍	오래 기다리셨죠? (복만흠에게 다가가는데)
다해	(가로막고) 나하고 얘기해. (복만흠에게) 왜 말도 없이 혼자 오셨어요?
복만흠	괜찮아. 어른들끼리 긴히 할 얘기가 있는 모양인데.
백일홍	(가로막은 다해 툭 밀치고 복만흠 앞에 앉고)
다해	(복만흠을 지키려는 듯 옆에 가서 앉으면)
백일홍	(넌 좀 빠지라니까 쯧)
복만흠	보자고 하신 용건은?
백일홍	내 입으로 뱉은 말은 웬만하면 책임을 지는 편이라.

복만흠, 다해, 긴장해서 보는데,
백일홍이 테이블 위에 툭 내놓는 종이 한 장, 1등 당첨 복권이다!

백일홍	예단 혼수, 섭섭지 않게 해드린다고 했죠?
복만흠	…? (믿기지 않아 휘둥그레)
다해	(어리둥절) 엄마…?

S#43—찜질방 (Flashback/23씬 연결) N

백일홍 그레이스 불러.

고개 내미는 그레이스

그레이스 나 찾아?
백일홍 다해 걘 나한테 뭘 배운 거야? 작품 스케일 좀 키워야겠다.
그레이스/형태 (어쩌려고?)
백일홍 조지한인지 뭔지 나도 못 먹은 걸 먹겠다고 설치는데 거
　　　　　슬려. 이 구역 사기꾼이 누군지 보여주자고.
그레이스 도와주겠다는 거야?

S#44—주차장 (Flashback) N

차 세워놓고, 차에서 대부업체 광고를 검색해보는 조지한.
반쯤 열려 있는 차창 똑똑 두드리는 손.

조지한 (흠칫, 보면)
노형태 이자 싼 데 소개시켜줄까?

S#45—대부업체 사무실 (Flashback) N

무시무시 험상궂은 어깨들이 병풍처럼 둘러선 가운데,
차용증을 슥 내미는 박사장.

조지한 덜덜 떨리는 손으로 지장 꾹.

S#46—찜질방 밖 뒷골목 D

다해, 백일홍, 둘만 밖으로 나와 있고

다해   (뒤에서 도와준 거였어?) 왜 그랬대? 엄마답지 않게.

백일홍   나한테 가장 잔인한 방법으로 갚아준다 그랬지?

           그래, 너 없는 건 나한테 무엇보다 잔인한 일이더라.

다해   …?

Flashback〉 찜질방

막상 다해가 죽었다는 소식에,

실은 고통스러워 어쩔 줄 몰랐던 백일홍.

현재〉

다해를 와락 끌어안는 백일홍.

백일홍   우리 딸, 니가 살아있어 줘서 정말 다행이다…!

다해   …!

Flashback insert〉 9부 47씬

복만흠   꿈에 세신사 선생이 다 자라 어른이 된 딸을 끌어안고 울

           고 있었어. 니가 살아있어서 정말 다행이라면서.

현재〉

복만흠의 예지몽이 거짓이 아니었던 걸까?

뒷문에서 지켜보던 복만흠 미묘한 미소 짓고 돌아서서 안으로.

다해를 안고 우는 백일홍. 다해도 눈물이 고인다.

백일홍	나 같은 사람한테도 엄마라고 불러줘서 고마웠다.
	끝내 너한테 가족이 돼주진 못해서 미안하고.
	진짜 가족 생긴 거, 축하하고.
다해	엄마… (백일홍 이런 모습이 낯설고)
백일홍	내가 뭐랬어? 도다해 복귀주 두 사람이 행복하길 진심으로 바란댔잖아. 사기꾼 하는 말이라고 허투루 들었니?
다해	(코끝 찡) …고마워요.
백일홍	행복해라. 그게 다 돈이잖아. 황금알 쏟아지게.
다해	(눈물 고인 채 피식) 이제 좀 엄마 같네.

노형태, 그레이스, 뒷문으로 슬쩍 내다보며 눈물 훔치고.

서로를 부둥켜안은 백일홍과 다해, 두 사람 모습에서.

S#47—복씨 저택 다이닝룸 N

복만흠, 엄순구, 다해, 이나, 식탁에 앉아서 뭔가 기대하는 눈빛으로 주방 쪽을 쳐다보면, 앞치마를 두른 귀주가 직접 요리한 코다리조림을 내온다.

귀주	짠!
다해	오오! 그럴듯한데?

복동희 (들어오며) 어? 이 냄새 뭐야? 오래전에 분명히 맡아본 냄새인데?

귀주 기억하네? 우리 어릴 때 아버지가 자주 해줬던 코다리조림.

복동희 추억의 코다리조림! (얼른 앉아서 먹어보고) 그래 이거야! 맛 똑같아!

다해 (엄순구에게) 왜 요즘은 안 만드세요?

복동희 (원망하듯 복만흠 힐끗)

이나 할머니가 금지시켰어요?

복동희 밥상에 아빠 코다리조림 올랐다 하면 밥 두 공기 뚝딱이었으니까.

복만흠 (미안한 헛기침) 근데 귀주 니가 이걸 어떻게 만들었어?

엄순구 그러게? 나도 까맣게 잊어버린 레시피를?

귀주 과거로 가서 아버지 요리하는 거 보고 왔죠.

다해 레시피 좀 드려. 과거의 나 자신에게 한 수 배우시라고.

엄순구 (허허) 그럴까?

가족들 (웃고)

복동희 아 나도 그때로 돌아간 것 같아! 귀주랑 놀이터 흙먼지 뒤집어쓰고 해질녘에 집에 오면 딱 이 냄새가 났어! (밥에 양념 잘 벤 무 얹으며) 흰쌀밥에 달큰한 무 얹어서! (와앙! 복스럽게 입에 넣는)

처음으로 가족 식사 자리에 합류한 동희, 귀주가 기억하는 행복한 리즈시절처럼 맛있게 밥그릇을 비우고.

여느 가족의 식사 풍경과 다르지 않은 평범한 일상이지만 귀주에겐 감회가 새롭고 뜻깊은 시간.

귀주, 다해, 눈 맞추고 미소 짓는 위로.

이나Na　　그렇게 우리 가족은. 모든 시간 최선을 다해 행복해지는
　　　　　걸 선택했다.

S#48—중학교 댄스 동아리실 D

안무 연습하는 아이들. (여전히 혜림은 불참)
이나도 서툴지만 뒤에서 열심히 따라 추기 시작하고

시간 경과〉
다른 아이들은 다 집에 가고 이나 혼자 남아서 연습하고 있다.
준우, 슬쩍 다가와서 스텝을 가르쳐준다.

준우　　(스텝) 이렇게.

이나　　아 알겠다. (따라 하고) 맞지?

준우　　아니. (스텝) 이렇게.

이나　　아 진짜 알았어. (따라 하고) 됐지?

준우　　…아니.

이나　　(긁적)

준우　　(웃고) 변덕이 심하네? 갑자기 왜 이렇게 열심인데?

이나　　(머뭇)

준우　　(선수 치는) 말 못 하겠지? 해도 못 믿을 거고? 하지 마. 안
　　　　해도 돼.

이나　　서운했구나?

준우　　(서운했는데) 아니? 전혀?

이나　　말할게. 너한테는.

준우　　(보면)

이나	보여주고 싶은 사람이 있어.
준우	?
이나	내가 좋아하는 거, 잘하진 못해도 열심히 하는 거 보여주고 싶고. 내 친구들도 보여주고 싶어. 나도 이렇게 괜찮은 친구들 있다고. 이제 투명인간 아니라고.
준우	아… 그게 누군데?
이나	음… ('아빠'라고 말하려는데)
준우	(선수 치는) 됐어. 오늘은 거기까지만.
이나	(보면)
준우	무리 안 해도 돼. 니가 말하고 싶을 때 해.
이나	(난 괜찮은데)
준우	그래도 돼. 나한테는. 나는 기다릴 줄 아는 남자니까.
이나	(피식)
준우	암튼 고마워. 얘기해줘서.
이나	고마워. 들어줘서.
준우	다시 해볼까? (스텝 보여주고)
이나	(따라 하는데)
준우	근데… (지나가는 말처럼 툭) 남자야?
이나	(끄덕)
준우	아, 그렇구나. (쿨한 척 무심하게) 잘생겼어?
이나	(끄덕)
준우	키는? 커? 나보다?
이나	(피식, 웃는)
준우	(머쓱, 웃는)

S#49—복스집 D

운동하는 복동희. 건강하게 몸매를 유지하는.

S#50—고깃집 N

다해, 귀주, 즐겁게 데이트하는.
귀주가 건배하려고 잔을 내미는데
다해는 아무도 없는 허공을 향해 잔을 내밀며 눈으로 찡긋 건배한다.

귀주   어디 한눈을 팔아?
다해   지금보다 나중이 더 멋있어. 어떻게 갈수록 잘생겨져?

다해가 바라보는 방향에, 미래에서 온 귀주가 웃고 있다.
두 명의 귀주와 함께하는 다해, 두 배로 행복한.

S#51—복씨 저택 안방 D

복만흠 악몽을 꾸는지 허공에 두 손 휘저으며 깨는

복만흠   아아악…!

허공을 휘젓는 복만흠 손을 얼른 잡아주는 엄순구 손.

엄순구   나 여기 있어요.

복만흠   (식은땀에 젖어서 덜덜) 또 불이 보였어요… 뜨거운 불길이
치솟아서…

엄순구   (손을 꼭 잡아주며) 꿈에 불이 자꾸 보이는 이유가 있을 거
예요. 피하지 말고 똑바로 봐요. 당신 잠자리는 내가 지킬
테니까, 눈만 뜨면 바로 옆에 내가 있을 테니까 너무 겁먹
지 말고.

엄순구의 다독임에 서서히 진정되는 복만흠,
내색하지 않지만 뭉클한.

엄순구   음악 좀 틀까요?

S#52—복씨 저택 귀주 방 D

옷을 갈아입는 귀주. 다해가 뒤에서 뒷목을 확인한다.
아직도 붉은 반점은 생기지 않았다. 몰래 안도의 한숨.

귀주   또 또 훔쳐본다.
다해   도저히 눈을 못 떼겠네?
귀주   어디에 그렇게 홀딱 빠졌어? (자기 몸 여기저기 짚으며) 여기?
여기? 여기?
다해   (귀주 볼 잡고) 여기. (입술에 뽀뽀 쪽)
귀주   또? 다른 데는? 내가 장점이 한두 군데가 아닌데?
다해   (웃으며 밀쳐내고)
귀주   (웃으며 끌어안고)

방문 밖에서 들려오는 음악 소리. 귀주 돌아보면.

S#53—복씨 저택 거실 D

엄순구, 오래된 전축으로 음악을 튼다.

복만흠   (음악에 이끌려 안방에서 나오는) 이 노래는…?
엄순구   당신도 기억나요?
복만흠   (아련한 추억이 떠오르는) 까맣게 잊어버렸는데.
엄순구   귀주가 부리는 초능력을 나도 한번 부려봤어요.
        오랜만에 한 곡 추시겠습니까? (손 내밀어 춤을 청하는데)
복만흠   (흥) 다른 여자랑 신나게 흔들어놓고.
엄순구   내가 미안해요. 지나간 시간을 돌이키고 싶어요.
        나랑 같이 돌아가지 않을래요?

엄순구, 허리에 두르고 있던 앞치마 펄럭 풀어 던지고,
복만흠에게 정중히 손 내밀어 춤을 청한다.
복만흠 마지못해 손을 잡고, 수줍게 춤추기 시작한다.

복만흠   이쪽 발 먼저예요.
엄순구   아니 이쪽으로 돌아야죠.
복만흠   발 밟았어요!
엄순구   그냥 나 따라와요. (춤출 때만큼은 발휘되는 카리스마)

티격태격하다 이내 음악에 맞춰 제법 손발이 맞아간다.
손을 맞잡고 춤추는 두 사람.

2층 계단 위에서 그 모습을 내려다보고 있던 귀주.
행복한 미소로 눈을 감으면.

S#54—공원 (20여 년 전, 타임슬립) D

귀주 눈을 뜨면, 손을 맞잡고 춤추는 젊은 복만흠, 엄순구 보인다.
어린 귀주가 부는 비눗방울이 하늘하늘 날아다니고,
어린 동희는 풀밭에 깐 돗자리에 앉아 도시락 맛있게 먹고,
네 식구의 행복했던 소풍.
행복한 미소로 바라보는 어른 귀주,
문득 시선을 돌리는데, 온통 무채색인 세상 가운데 멀리 선명한 노란
색이 휙 지나가는 게 보인다.

귀주   ?!

귀주 얼른 그쪽으로 달려가 보면,
노란색 옷을 입은 어린 소녀가 위태롭게 두발자전거를 타고 있다.

꼬마1   야 도다리! 너 아직도 자전거도 못 타?

어린 소녀, 비틀거리다 넘어지면 꼬마들 짓궂게 합창하며 놀려댄다.
"도다리는~ 자전거도~ 못 탄대요~"

어린 다해   (벌떡 일어나서) 내 이름 도다리 아니야! 도다해야!
귀주   ……!!!

흙 툭툭 털고 씩씩하게 자전거 세우는 어린 다해.

넘어져도 악착같이 페달을 밟는다.

우스꽝스럽게 비틀거리면 아이들 깔깔거리며 또 놀려대는데,

비틀대는 자전거를 턱! 붙잡는 귀주.

꼬마들 눈에는 귀주 보이지 않고,

갑자기 씽씽 달려 나가는 자전거!

어린 다해　어…? (뒤에서 귀주가 붙잡아 주는 줄도 모르고) 된다! 된다!
　　　　　된다아아!!!!

놀리던 꼬마들 재미없어져서 흩어지고,

환한 얼굴로 신나게 페달을 밟는 어린 다해.

뒤에서 자전거 붙잡고 달리는 어른 귀주.

혼자인 줄 알았던 시간에서도 사실은 함께 달리고 있었던 두 사람.

둘이서 내달려 수풀이 우거진 오솔길로 접어들면서,

무채색이었던 오솔길이 선명한 초록색으로 물들기 시작한다!

흑백이었던 과거가 온통 알록달록한 빛으로 빛나고!

귀주, 그 놀라운 광경에 휘둥그레,

하늘하늘 흩날리는 예쁜 꽃잎이 귀주 얼굴을 스치고,

바람에 흔들리는 나뭇가지에 한 손을 뻗으면 손에 닿는 초록 나뭇잎.

그러다가 나뭇가지에 드리워진 넝쿨이 귀주 뒷목을 스친다.

윤기가 나고 잔털이 난 특이하게 생긴 이파리.

아픈 줄도 모르고 어린 다해와 함께 신나게 달리고…

S#55—복씨 저택 거실 D

눈 뜨고 현재로 돌아온 귀주.
기분 좋게 가쁜 호흡, 이마에 송송 맺힌 땀방울.

다해   (1층에서 올려다보고) 어디서 그렇게 뛰어다니다 왔어?
귀주   (숨 고르는) 어, 그게…
다해   내려와. 밥 먹자. (돌아서고)

뒷목이 따끔거리는지 손으로 쓸어내리는 귀주,
계단을 내려가려다 문득 거울을 보는데,
목덜미에 생긴 선명한 붉은 반점…!

Flashback〉
과거 오솔길에서 독초에 쏠린 자리에 생긴 것.

귀주   ……!
다해E   (1층에서) 귀주씨? 뭐해? 빨리 와!
귀주   … 어, 어…

S#56—복씨 저택 다이닝룸 D

귀주 2층에서 내려와 보면,
행복과 활기를 되찾은 가족들과 다해가 보인다.
잠시 바라보다가 슥 옷깃을 세워 뒷목을 가리는 귀주,
애써 태연한 얼굴로 웃으며 그들에게 다가간다.

아무 일도 없었던 것처럼 다해 옆자리에 앉고.
다 같이 둘러앉은 식탁. 환히 웃는 복씨 패밀리.
운명은 성큼 다가오고 있었는데…!

— 11부 끝 —

12부

S#1—약국 D

귀주 목 뒤 반점을 살펴보는 약사

약사   풀독이 맞는 것 같네요.

귀주   …

약사   별거 아니에요. 금방 없어져요.

귀주   시간이 얼마나…?

약사   (가볍게) 반나절 만에 없어지기도 하고 일주일 이상 걸리기도 하고.

시한부 선고라도 받은 듯 심각해지는 귀주.

약사   많이 불편하세요? (연고 하나 꺼내주며) 약만 잘 발라주면 금방 없어질…

귀주   (연고 안 사고 홱 돌아서는)

약사   (왜 저래?)

S#2—약국 밖 거리 D

약국에서 나온 귀주. 불쑥 들이닥친 운명에 눈앞이 캄캄해진다.

귀주E   이건 좀 너무한데. 이렇게나 빨리…?

멍한 얼굴 위로 차가운 겨울비가 툭툭 떨어지기 시작한다.
갑자기 쏟아지는 소나기에 거리의 행인들 걸음을 재촉해 사라지는데,

텅 빈 거리에 혼자 우두커니 서서 비를 맞는 귀주.

S#3—서점 D

각종 자격증 관련 서적들이 쌓인 계산대.
다해 계산하는 중인데 핸드폰 진동 울리고

다해　　(전화 받는) 네 어머니. (표정 굳는) 네?

S#4—약국 밖 거리 D

비 맞는 귀주 머리 위를 덮는 우산.
멍하게 서 있던 귀주 그제야 정신을 차리고 옆을 돌아보면,
다해가 우산을 들고 섰다.

귀주　　어떻게…?
다해　　(싱긋) 초능력 우산이야.

S#5—거리 D

비 오는 거리, 우산을 쓰고 나란히 걷는.

다해　　아드님이 약국 앞에서 비 맞는 꿈을 꾸셨다면서, 전화도
　　　　　안 받는다고 걱정을 걱정을… 내가 해몽을 해드렸지.

우리가 한 우산 쓰고 데이트할 꿈이라고.

굳었던 귀주 얼굴에 스르르 미소가 번진다.

귀주Na   미래를 바꿀 순 없어도 어떻게 받아들일지는 선택할 수 있다.
귀주   다행이다.

다해   (보면)

귀주   아무리 나쁜 꿈이라도, 아무리 어두운 미래라도, 밝아지겠다.
           도다해만 있으면. (내가 떠나더라도…)

다해   (귀주가 평소와 조금 다르다는 걸 느끼고) 근데 비는 왜 맞고
           서 있었어?

귀주   (말 돌리는) 무슨 책을 이렇게 많이 샀어? (자격증 책 꾸러미 하
           나씩 나눠 들었고) 하고 싶은 게 이렇게나 많은 사람이었나?

다해   하고 싶은 게 없었지. 하고 싶은 걸 하면서 살 수 있을 거라
           곤 생각 못 했으니까. 지금부터 찾아보게. 내가 뭘 하고
           싶나.

귀주   (이제 막 꿈꾸기 시작한 다해를 응원해 주고 지켜주고 싶은)
           꼭 찾아. 미래는 밝을 테니까.

다해   (웃고) 귀주씨도 진짜 하고 싶은 일을 시작해. 다시 소방관
           시험 보는 건 어때?

귀주   (그럴 시간은 없는데)

다해   99살 생일 미역국 먹을 때까지 시간은 많아.

귀주   (애써 미소로 감정 감추고) 이나 대회는 며칠 남았지?

다해   손꼽아 기다리시는 그날? 이제 딱 3일.

귀주   (3일의 시간은 남아있어야 할 텐데)

다해   (시선 무심코 귀주 뒷목으로 향하는데)

귀주   (다해 어깨에 팔 두르며 자연스럽게 회피하고)

어깨동무하고 다정히 빗길을 걸어가는 두 사람.

준우E   남은 시간 별로 없어!

S#6—중학교 댄스 동아리실 D

안무 연습 중인 아이들.

준우   이래서 대회 나갈 수 있겠어? 다시 한번 해보자!

안무 다시 맞춰보는데, 동선도 뒤엉키고, 팔 각도도 제각각이고

준우   아 어쩌지? 시간 없어서 큰일이네.
이나   시간이 문제가 아닌 것 같은데.
준우   그럼 뭐가 문젠데?
이나   (진짜 몰라?)

S#7—중학교 급식실 D

넓은 테이블에 혼자 앉아서 점심 먹는 혜림.
"야 재 좀 봐", "고혜림 왕따 됐어?" 흘끗거리며 키득거리는 아이들.
혜림 애써 아무렇지 않은 척 꿋꿋하게 밥 먹지만
꼭 체할 것 같아 답답한 가슴 두드리는데, 물컵을 건네는 손. 이나다.

혜림   (흘끗 보더니, 물 마시고) 뭐냐?

이나	(혜림 맞은편에 식판 내려놓고 앉아 같이 밥 먹는)
혜림	내가 불쌍해?
이나	니가 필요해.
혜림	…?
이나	같이하자.
혜림	…!

댄스부 아이들 저쪽에서 힐끗거린다. "복이나 쟤 뭐하냐?", "왜 저래?"
준우도 '괜찮을까?' 조금은 걱정스러운 눈빛으로 이쪽을 보고 있다.
눈치 빠른 혜림은 그런 분위기 금세 알아차리고 뾰족해지는 마음.

혜림	나는, 나 빼고 니네끼리 대회 나가서 개망신당하는 걸 꼭 보고 싶거든?
이나	거짓말. 너도 하고 싶잖아.
혜림	니가 뭘 알아?
이나	집에서 혼자 연습하잖아. 엔딩 요정 포즈까지.
혜림	(뜨끔! 발끈!) 무슨! 아니거든!
이나	아니어도 상관없어. 니 마음 맞춰주려고 같이 하자는 거 아니니까. 내 마음이야. 내 맘대로 할 거야.
혜림	(어이없는) 뭐어?
이나	내 마음이 너 붙잡으래.
혜림	…! (보면)
이나	같이 춤추자.
혜림	… (마음에 동요가 일지만) 됐어! 재수 없게 멋있는 척! (휙 가 버리고)
이나	…

S#8—복스짐 D

동희 카운터에서 회원 서류 등을 정리하는데

그레이스   복덩이 언니?
복동희   (서류 보느라) 바쁘다.
그레이스   누구 좀 데려왔는데.
복동희   (누구? 고개 들면)

그레이스 옆에 노형태 섰다.

그레이스   소개할게. 생긴 건 좀 거칠거칠해도 사람은 착해.
복동희   …!

무표정한 얼굴로 묵묵히 서 있는 노형태.
물씬 풍기는 묵직한 남성미에 동희 순간 조금 설레는데.

복동희   좀 당황스럽네? 이런 건 미리 상의 했어야지. 이분께 너무
           실례잖아.
           제가 당분간 남자 만날 생각이 없어서요. 죄송합니다.
노형태   …?
그레이스   누가 남자 만나래? 요즘 신규 회원 늘어서 트레이너 더 필
           요하다며?
복동희   아… (그런 거였어? 얼굴 화끈) 근데 낯이 좀 익은데?
그레이스   찜질방에서 봤겠지. 실은 우리 삼촌. 공들였던 대작을 말아
           먹는 바람에 급하게 일자리가 필요해서.
복동희   (갸웃) 찜질방 말고… 어디선가… 아! (생각났다!)

S#9—복씨 저택 대문 (Flashback) N

깊은 밤, 복만흠 몰래 야식을 배달시킨 동희,
소리 안 나게 대문 살그머니 열고 내다보면.
오토바이 세워놓고 배달 음식 봉투를 내미는 노형태.

복동희   (목소리 낮추고) 방금 시켰는데 벌써?

복동희E   누구보다 빨랐어.

노형태   (말없이 음식 봉투 건네는)

복동희E   누구보다 조용했고.

복동희   (따끈따끈한 음식 끌어안고 행복)

S#10—복스집 D

그레이스   아 배달? 그거 사기 치려고 염탐한 건데?

복동희   (염탐이었다고?)

노형태   (미안한 표정으로, 사과의 목인사 꾸벅)

복동희   그래도 그 배달만큼은, 진심이었어.

노형태   (보면)

복동희   식어서 온 적은 단 한 번도. 국물 한 방울 넘친 적도 없고,
            음식이 한쪽으로 쏠리지도 않고 담음새를 유지하고 있었
            지, 마치 갓 요리한 것처럼.

노형태   (별거 아니고, 당연한 거라는 듯, 그러나 알아봐 줘서 고맙다는
            얼굴)

복동희, 노형태 둘 사이에 찌르르 뭔가가 흐르고

그레이스　이상한 포인트에서 통하네?

문 쪽에서 몸을 숨기고 훔쳐보고 있었던 조지한. '저것들이!'
따가운 시선이 느껴져 돌아보는 노형태. 조지한은 가고 없다.
노형태 수상한 낌새를 알아채는데.

S#11—산책로 N

연못이나 하천을 끼고 난 으슥한 산책로.
헤드셋 쓰고 음악 들으며 조깅 하는 동희.
뒤에서 인기척이 느껴져 헤드셋 벗고 돌아보면, 아무도 없다.
대수롭지 않게 다시 뛰려는데, 어둠 속에서 불쑥 나타나는 조지한.

복동희　(흠칫!!!) 조지한? 언제부터 따라온 거야?
조지한　왜 숨겼어? (핸드폰 들이밀면)

동희가 그레이스를 안고 날아가는 모습이 찍힌 동영상. (11부 34씬)

복동희　…!
조지한　동희 니가 모델 데뷔하던 날, 첫눈에 알았어. 우린 동족이
　　　　　라는 거.
복동희　동족?
조지한　나도 있어. 다른 사람들한테 없는 특별한 능력. (손가락으로
　　　　　자기 머리 톡톡) 네 살에 한글과 사칙연산을 스스로 깨쳤어.
　　　　　소위 영재 코스를 거친 대한민국 0.1프로 최상위층. 너도
　　　　　내가 의사라서 좋았잖아. 인정하지?

복동희 (코웃음 피식) 글쎄? 좋았던 기억이 오래전이라.

조지한 너는 특별한 사람이야. 나 역시 널 가질 만큼 충분히 특별한 사람이고. 샐러드 카페 개? 그레이스? 널리고 널린 평범한 여자들.

복동희 준비한 말이 많은 모양인데, 땀 식으니까 요약 좀.

조지한 결혼하자!

복동희 다 끝난 말 또 할 거면 가고. (가려는데)

조지한 (붙잡고) 나는 살면서 한 번도 실패라는 걸 해본 적 없어! 내 인생 이렇게 실패할 수 없어!

복동희 (한숨) 내 인생은 실패뿐이었어. 진짜 내 특별함을 발견하기 전까지는.

조지한 (보면)

복동희 (손가락으로 머리 톡톡) 남들 눈에 특별해 보이는 거 말고. 사랑하는 사람 눈에만 보이는 진짜 특별함. 너도 그거 발견해 주는 사람 만나.

조지한 그 떡대 새끼 때문이야???

복동희 (뭐라? 맘대로 생각해라! 뿌리치고 가려는데)

조지한 (핸드폰 동영상 들고) 나랑 결혼해! 아니면 각종 커뮤니티 게시판에 싹 다 뿌릴 테니까!

복동희 뿌려. 요즘 그런 가짜 영상 만드는 거 일도 아니고. 누가 믿어?

조지한 (살짝 당황)

복동희 준비한 말 다 했지? (다시 뛰려는데)

조지한 (버벅) 아니, 야, 그… (다급히) 정 그럼 돈이라도 돌려줘! 20억!

복동희 (뛰며 힐끗 돌아보는) 2억이 어떻게 20억으로 돌아와?

조지한 나는 다 잃었어! 니가 나한테 떠안긴 사채 빚! 사채 이자가 얼마나 무서운지 알아? 순식간에 차, 병원 다 날렸다고!

복동희   (뛰어가고)

조지한   복동희! 야 기다려! 이거 진짜 올려? 올린다?

조지한, 동희를 뒤쫓는데 불쑥 앞을 가로막는 시커먼 그림자.

조지한   (어깨 쿵 부딪히고 그 바람에 핸드폰 바닥에 떨어지는) 아 뭐야!!

노형태   아 죄송.

조지한   ?!

노형태   (바닥에 떨어진 핸드폰 주우려고 허리를 숙이면)

조지한   건들지 마! (황급히 고개 숙여 핸드폰에 손 뻗는데)

노형태   (숙였던 머리를 확 쳐들어, 뒤통수로 조지한 얼굴 가격 퍽!)

조지한   (코를 감싸 쥐고) 악!!!

노형태   아 난 주워 주려고.

조지한   (손 떼고 보면 코피 나고) 씨…!

노형태   (다시 허리 숙여 핸드폰 집으면)

조지한   (버럭) 건들지 말라니까!!!

노형태   (깜짝 놀란 시늉 하며 핸드폰 바위를 향해 내리치듯 던지고) 아 깜짝이야.

바위에 찍혀 핸드폰 깨졌고

조지한   안 돼!

노형태, 깨진 핸드폰을 집으려는 척 발로 툭 차버리면 연못(하천)에 퐁당!

노형태　아 실수.

조지한　안 돼!!!!!!

연못(하천)으로 뛰어드는 조지한. 필사적으로 물밑을 헤집는다. 뻘에 미끄러지고 넘어지며 볼품없이 허우적거리다가, 진흙과 구정물을 뒤집어쓴 채 돌아보면, 노형태 이미 가버리고 없다. 추위에 덜덜 떨리는 턱. 견딜 수 없는 모멸감과 복수심에 이를 악무는 데서.

S#12—복씨 저택 안방 D

허공에 손을 휘저으며 소스라쳐 잠을 깨는 복만흠.

엄순구　(손 붙잡아 주는) 괜찮아요?

복만흠　(꿈에서 뭔가 실마리를 보았다는 표정)

S#13—복씨 저택 툇마루 D

귀주, 복만흠, 조용히 머리를 맞대고 (귀주 목폴라 입었고)

복만흠　학생들이 겁에 질려 덜덜 떠는 게 보였어. 담요를 뒤집어쓴
　　　　것도 보였고.

귀주　…

Flashback〉 귀주가 타임슬립해서 봤던 흑백의 선재여고
학생들 겁에 질려 떠는 모습, 구조된 학생에게 담요 덮어주던 구급대원.

귀주　　그리고요?
복만흠　　시계. 학교 건물에 걸려있었다.

Flashback〉 귀주의 선재여고 타임슬립
선재여고 건물 외벽에 걸려있던 둥근 아날로그 시계.

현재〉
고개를 끄덕이는 귀주.
꿈이 가리키는 것들이 선재여고 화재 현장이 틀림없다.

복만흠　　공중에서 허우적거리는 사람도 봤어.
귀주　　공중에서…? (그런 걸 본 기억은 없는데?)

S#14—소방서 밖 D

귀주 예전에 일했던 소방서에 찾아왔고

팀장　　(밖으로 달려 나와 반갑게 맞이하는) 야! 막내!
귀주　　(꾸벅) 안녕하셨어요.
팀장　　얼굴 좋아 보이네! 반갑다! 이 자식! (와락 안아주고)

시간 경과〉

팀장　　뭐?

귀주	공중에서 허우적거리는 사람을 봤는지… 학생들이 창문으로 뛰어내렸다거나…
팀장	(한숨) 너 인마, 아직도 거기서 못 헤어나온 거야?
귀주	꼭 마무리할 일이 있어서.
팀장	아 몰라! 십 년도 더 된 일을 어떻게 기억해.
귀주	그러니까 보고서 좀 보여주세요. 부탁드릴게요.

S#15—복씨 저택 주방 D

엄순구 요리하는 옆에서 다해가 배우고 있다.

엄순구	(토마토 스튜를 끓이는 중) 팔팔 끓어오르면 중약불로 줄여서 뭉근히.
다해	중약불로…

다해, 냄비 불을 줄이려고 집게를 찾아 두리번.
엄순구가 대신 불을 줄여주고

엄순구	조리사 자격증도 따려고?
다해	불… 극복하는 게 먼저겠죠?
엄순구	(할 수 있어! 표정으로 응원하고) 또 뭐 가르쳐줄까?
다해	아버님 좋아하는 거요.
엄순구	나?
다해	이나랑 복귀주는 미역국, 형님은 코다리조림, 오늘은 어머니 좋아하시는 토마토 스튜 배웠으니까, 다음은 아버님. 아버님은 뭐 좋아하세요?

엄순구	나…? (갑작스러워 얼른 안 떠오르는) 나는… (왠지 모르게 울컥) 나는…
다해	(왜 그러시지?)
엄순구	누가 나한테 뭐 좋아하는지 물어봐 준 게 오랜만이라.
다해	(웃는)

S#16—복씨 저택 거실 N

동희 계단을 내려오는데 핸드폰 연달아서 징- 징- 울린다.
핸드폰 보면 조지한의 부재중전화 50여 통.
조지한의 집요한 메시지들 "복동희 전화 받아", "받아", "받아", "받아",
"니가 나한테 이러면 안 되지", "너 몸 망가졌을 때를 생각해",
"아무도 거들떠보지도 않는 너한테 내가 손 내밀어 줬잖아",
"나니까 너랑 니 가족들 인내와 희생으로 견뎠지",
"너랑 니 가족들이 괴물이라는 거 세상이 다 알게 할 거야!",
"나 무시하면 싹 다 불 싸질러 버린다!!!!!!!!"

다해	(계단 아래에서) 형님, 식사요.
복동희	(핸드폰 화면 서둘러 꺼버리고)
다해	누군데요? (무슨 일 있나?)
복동희	스팸. (계단 내려오는)

학교에서 돌아온 이나도 핸드폰 보면서 현관 쪽에서 들어온다.
혜림에게 보낸 메시지 "혜림아 공연장에서 보자", "기다릴게", "꼭 와"
혜림은 아무런 답도 없다. 이나 얼굴 어두운데.

다해	왔어? 내일 대회 준비는 다 됐고?
이나	(핸드폰 화면 끄고) 네 뭐. (밝은 표정 지어 보이는) 어? 맛있는 냄새.

S#17—복씨 저택 다이닝룸 N

완성된 토마토 스튜가 놓인 식탁.
각자의 걱정과 불안과 두려움을 감춘 채 애써 밝게 둘러앉은 가족들.
귀주는 얼마 남지 않았을 이 시간이 너무도 소중하다.
가족들을 한 명 한 명 바라보는 귀주, 안간힘을 써서 웃어 보이지만
다해 눈에는 어쩐지 그 미소가 슬퍼 보이고.

다해	(목폴라 입은 귀주 보고, 귀주만 들리게) 집에서 목폴라? 안 답답해?
귀주	(대수롭지 않게) 목감기 기운이 있어서.
다해	(빤히 보고)
귀주	스튜 더 드실 분? (모면하듯 일어나 토마토 스튜 가지러 가고)
다해	…

S#18—복씨 저택 귀주 방 N

침대에 돌아누워 설풋 잠이 든 귀주.
옆에 누워 깨어있는 다해, 가만히 손을 뻗어 귀주 목폴라를 끌어내리면, 뒷목에 생긴 붉은 반점…!

| 다해 | (입을 틀어막고) !!!!!! |

귀주가 잠을 깨 돌아본다.

귀주	(봤구나…!)
다해	언제 생겼어…?
귀주	…
다해	왜 말 안 했어…?
귀주	…
다해	가족들한테도 알려야…! (침대에서 일어나 문으로)
귀주	(붙잡고) 쉿!
다해	(보면)
귀주	내일 이나한테 중요한 날이야. 나한테도 중요하고. 망치기 싫어.
다해	지금 그게 중요해?
귀주	내일까지만. 내일까지만 비밀로 하자.
다해	(떨리는 손으로 반점 어루만지며) 제발 생기지 말라고 빌었는 데… 이게 왜… 어쩌다…??
귀주	과거에서.

Flashback〉 11부 54씬
과거의 오솔길이 초록빛으로 물들며, 귀주 목을 할퀸 독풀.

다해	13년 전 그 불이 널 해칠 수 있다는 뜻이네…?
귀주	13년 전 너한테 가는 길을 열 수 있게 됐다는 뜻이지.
다해	결국 운명은 바뀌지 않는다는 신호 같아.
	막을 수 있을 줄 알았는데… 미래를 바꾸겠다고… 내가

틀린 건가…? 결국엔… (죽을 수밖에 없는 건가?) 어떡해…
귀주씨 어떡해…?

귀주   (의연하게 다해를 안심시키는) 도다해 안 틀렸어.
반점 생겼다고 허둥거릴 필요 없어. 평생 안 없어지는 반점
이래.

다해   (정말?)

귀주   우리가 헤어지는 날은 우리가 정해. 99살 생일. 달라진 건
없어.

다해   복귀주…!

귀주를 놓칠 것 같은 불안과 두려움에 꽉 끌어안는 다해.
귀주 역시 혼자 남겨질 다해에게 미안해 가슴이 찢어진다.
가족들에게 들리지 않게 소리 죽여 눈물 흘리는 다해.

S#19—복씨 저택 안방 D

아침. 침대에서 반짝 눈을 뜨는 복만흠.

엄순구   잘 잤어요?

복만흠   (또 무슨 꿈을 꿨는지 불길한 표정)

S#20—복씨 저택 동희 방 D

복만흠   미안하다. 내가 또 나쁜 꿈을…

복만흠, 엄순구, 걱정스러운 얼굴로 동희 바라보고

복동희   무슨 꿈을 꾸셨는데?

복만흠   공연장에서 동희 니가 날아오르더라구. 사람들 다 보는 앞에서.

복동희   내가? 왜?

복만흠   모르겠다. 무슨 일이 벌어지려는지···

엄순구   아무래도 오늘 공연장엔 가지 않는 게···

복동희   (단호히) 가야겠는데요.

만흠/순구   (보면)

복동희   드디어 기회가 왔네. 미래를 바꿀 기회.

공연장 갈 거예요. 가서, 무슨 일이 있어도 절대 날지 않을 거야. 이게 가능하면 귀주도 살릴 수 있는 거야. 안 그래요?

만흠/순구   (염려와 불안)

복동희   이번에야말로 내 의지로! 내 선택으로! 엄마 꿈을 뒤집어 엎을 거야.

S#21―공연장 밖 D

공연장으로 하나둘씩 모여드는 사람들,
사람들 시선 어딘가를 흘끗흘끗.
작정하고 잔뜩 힘을 줘서 꾸민 복만흠, 엄순구, 복동희,
범상치 않은 포스를 뿜어내며 공연장으로 걸어오고 있다.

엄순구   우리가 좀 과했나?

복만흠   응원 점수 있다면서요? 우리 손주 기 살려줘야지.

복동희　　(두리번) 아직 안 왔나?

저쪽에서 백일홍, 그레이스, 노형태 걸어온다.
찜질방 패밀리도 밀릴 수 없다는 듯 잔뜩 화려하게 꾸몄다.

백일홍　　응원 점수 있다면서요?
그레이스　(화려한 패션 뽐내며) 기세에서 밀리는 건 못 참지.

반갑게 눈인사 주고받는 양가 패밀리.
서로의 패션을 판단하듯 훑어보며 서로 자기네가 이겼다는 듯 으쓱.
그러는 와중에 노형태 수트 차림에 슬그머니 설레는 동희.

복동희　　(아닌 척) 자자, 들어가시죠! 앞자리 맡아야지! (가족들 몰고
　　　　　안으로)

S#22—꽃집 밖 D

꽃다발을 사들고 가게를 나서는 다해, 귀주.
귀주 목에 면 재질 머플러 둘렀다.

귀주　　(핸드폰 진동, 전화 받는) 네 팀장님.
팀장E　　보고서 찾았는데. 외부 반출은 좀 그래서. 지금 좀 올 수
　　　　　있나?
귀주　　…! (잠깐 망설이다가) 지금 가겠습니다. 네, 네. (전화 끊고)
다해　　어딜 간다는 거야? 이나는?
귀주　　이나 순서까지 아직 시간 있잖아. 중요한 일이라.

다해	(붙잡고) 같이 가!
귀주	이나한테 먼저 가줘. 긴장하고 있을 거야. (꽃다발을 다해에게 건네며) 부탁할게. (말릴 새도 없이 뛰어가 버리는)
다해	(무슨 중요한 일이길래 서두르지…? 귀주를 보내는 게 불안한데)

S#23—공연장 대기실과 복도 D

이나 대기실 한쪽에서 덜덜 떨고 있다.
대기실마다 전기난로를 옮겨와 설치하는 스텝들.

스텝1	(전기난로 옮기며) 대기실 쪽 난방 시스템이 고장 나서요. 오래된 건물이라 문제가 좀…

추위에 몸을 움츠리고 덜덜 떠는 준우와 다른 댄스부 아이들도 보이고, 무릎담요를 어깨에 두른 모습도 보인다.

복만홈E	학생들이 겁에 질려 덜덜 떠는 게 보였어. 담요를 뒤집어쓴 것도 보였고.

대기실로 와 보는 다해.

이나	(반기는) 아줌마! 아빠는요?
다해	어디 좀 들렀다 오느라.
이나	갑자기 어딜요?
다해	금방 올 거야. (눈 피하고) 여기 너무 춥다. 춥지?
이나	추운 건지 떨리는 건지… (추위와 긴장에 가늘게 떨리는 손)

혹시… 아빠 못 와요? 아빠한테 무슨 일 생겼어요?

다해 무슨 일이 있어도 올 거야. 얼마나 기대했는데. 아빠 꼭 와.
     걱정 마. (떨리는 이나 손을 꼭 잡아준다)

이나 (초능력으로 눈을 읽지 않아도 다해의 마음이 느껴지고)
     아빠가 그랬어요. 끝인 것처럼 보여도 끝이 아니라고. 그다
     음이 있다고.

다해 (보면)

이나 시신 없는 장례식. 그 꿈이 끝이 아니라고 믿어요. 아빠가
     돌아오는데 조금 시간이 걸릴 뿐이라고.

다해 (그래, 맞는 말이다. 꿈을 어떻게 받아들일지는 선택하는 거니까!)

다해, 이나, 서로 꼭 맞잡는 손. 함께 두려움을 이겨내는.

S#24—소방서 밖 D

보고서 파일을 건네는 팀장. 귀주 서둘러 파일을 펼쳐보면
'건물 뒤편 에어매트 전개', '구조자 1명 탈출' 보이고
선재여고 화재 진화 상황이 스케치 된 간단한 도면도 보이고

귀주E (보고서 재빨리 훑으며) 5층 창고로 가는 최단 거리는…

팀장 정반장 유족들한테 돈 보내준 거 너지?

귀주 무슨 말씀인지.

팀장 다 알아. 우리 팀 이름으로 매년 장학금 부쳐줬잖아.

귀주 …

팀장 아들내미 듬직하게 잘 컸더라. 공부도 잘한대. 정반장 닮아
     서 먹성도 좋고.

281

귀주　　（조금은 덜어내는 마음의 무게）

S#25—공연장 밖 D

초조한 얼굴로 귀주에게 전화를 거는 다해. 귀주는 전화를 받지 않고.
'복귀주… 왜 안 오는 거야…? 빨리 와…' 간절히 기다리는데.
그때 다해 뒤로 슥 지나가는 누군가.
검은 모자에 검은 배낭을 메고 다해를 힐끗 노려보는 조지한!

S#26—공연장 안 D

객석 맨 앞줄에 복동희, 엄순구, 복만흠, 백일홍, 그레이스, 노형태 순
으로 앉았고 '복이나 빛나나!', '자랑스러운 복씨 가문 후손!' 등등 낯
간지러운 응원 피켓까지 만들어 와서 들었다.
앞 순서 다른 댄스팀이 박수를 받으며 무대에 오르고 있다.
동희 핸드폰에 무음으로 '조지한' 전화 걸려온다.
통화 거절하고 전원을 꺼버리려는데 도착하는 메시지.
"조카 이쁘다. 고모 닮았네."

복동희　　…?!

이윽고 전송되는 사진. 공연장 대기실에서 찍은 조지한 셀카.

조지한E　　복도 끝 대기실로 와.
복동희　　（이 미친놈이!!!）

282

S#27—공연장 대기실 복도 D

대기실 복도를 정신없이 뛰어다니는 복동희.
두리번거리며 이나를 찾는데 이나는 보이지 않고

S#28—공연장 D

무대 뒤로 와서 대기 중인 이나. 커튼 사이로 빼꼼 객석을 내다본다.
무대에선 앞 팀 공연이 진행 중이고,
여전히 비어있는 다해와 귀주 자리.

준우　　아직 안 왔어? 보여주고 싶은 사람?
이나　　…
준우　　곧 우리 차롄데.

S#29—공연장 근처 거리 D

멀리 보이는 공연장을 향해 전속력으로 달리는 귀주.

S#30—공연장 대기실 D

검은색 배낭에서 뭔가를 꺼내는 조지한.

S#31—공연장 D

무대 뒤에서 커튼 사이로 객석을 살피는 이나 표정 환해진다.
귀주, 다해가 허리를 숙이고 들어와 자리에 앉는 게 보인다.

이나   (왔다!) 아빠…!

준우   아빠? 아빠였어? (난 또!)

S#32—공연장 대기실 복도, 복도 끝 대기실 D

복도 끝 대기실로 다가가는 복동희.
문고리 붙잡고 숨 한번 고른 다음 문을 열어젖힌다.
문을 열고 안을 들여다본 동희 놀라서 그대로 얼어붙는

복동희   !!!

S#33—공연장 D

스텝   (이나와 댄스부 아이들에게) 다음 차례예요. 준비하세요!

준우   모여! (다 같이 손 모으고 파이팅 하려는데)

이나   (손을 모으지 않고 혜림을 기다리며 애타게 뒤돌아보는)

댄스부1 고혜림 안 온다니까!

이나   올 거야. (끝까지 혜림이 올 거라고 믿고)

준우   이제 정말 시간 없어. 사람들 기다려.

혜림E   저 사람들이 다 누굴 기다리는데?

이나와 아이들 돌아보면

혜림　　다 나 보러 온 사람들인데?

이나　　(환하게) 혜림아!

준우　　(반기는) 왔구나!

댄스부1　고혜림 올 줄 알았다니까!

댄스부2　올 거면 빨리 좀 오지!

혜림　　복이나가 하도 사정사정해서 와줬다.

댄스부3　고혜림 잘난 척 중독성 있었네. 오랜만에 들으니까 짜릿
　　　　　하다?

다 같이　(웃고)

준우　　야야! 우리 나가야 돼! 모여!

아이들 빙 둘러 손 모으고, 이나와 혜림이 손을 포개고, 파이팅!!!

S#34―공연장 복도 끝 대기실 D

동희 벙찐 얼굴로 섰고, 맞은편에 조지한이 꽃다발을 들고 서 있다.

조지한　서프라이즈!

복동희　(어처구니없는) 뭐 하는 짓이야?

조지한　생각해 보니까 너한테 제대로 프러포즈도 못 했더라고.
　　　　　찐으로, 결혼하자. 동희야.

복동희　(허!! 이 새끼 진짜 돌았나??)

S#35—공연장 D

드디어 무대에 오르는 아이들.
그런데 혜림과 다른 아이들만 보이고 이나와 준우가 보이지 않는다.

귀주   (이나는?)

다해   (왜 안 나오지?)

무대 뒤, 이나가 긴장해서 얼어있다.

이나   사람들 눈이… (셀 수 없이 많은 눈이 일제히 무대를 쳐다보고
              있다!)

준우   (안경을 벗기더니) 이러면 사람들 안 보이지?

이나   (뿌옇게 흐린 시야) 이러고 어떻게 춤춰.

준우   (얼굴 가까이) 나 보여?

이나   (넌 가까우니까) 넌 보이는데…

준우   그럼 됐네. (이나 손목 붙잡고) 나만 보고 춤춰.

이나   어…?

준우 손에 이끌려 무대로 나오는 이나.

다해   나왔다!

귀주   복이나! (근데 저 녀석은 뭔데 이나 손을 잡아? 심기 불편한 딸
              바보)

바짝 긴장한 이나 처음엔 나무토막처럼 뻣뻣한 표정이다가,
곁에서 눈 맞춰주며 같이 춤춰주는 준우 덕에 서서히 긴장 풀리고.

든든하게 받쳐주는 혜림과 다른 친구들 덕에 차츰 살아나는 자신감.
땀 뻘뻘 흘리며 최선을 다하는 모습,
친구들과 호흡을 맞추며 하나가 되는 모습 위로.

이나E 아빠 보여요? 나한테도 같이 눈 맞춰줄 친구들이 있어요.
투명인간 아니에요. 나도 색깔이 생겼어요.
그러니까 내 걱정은 마요. 사랑해요, 아빠!

이나의 진심이 귀주 마음에 가닿고.
귀주 펑펑 쏟아지는 눈물.
다해 그럴 줄 알고 준비했다는 듯 휴지를 건네는데,
다해 얼굴도 이미 눈물범벅이다.
앞줄에서 열렬히 응원하는 복만흠, 엄순구 그리고 찜질방 패밀리들,
다 같이 감동의 눈물바다.
성공적인 피날레에서.

S#36—공연장 무대 뒤 D

공연을 마치고 무대 뒤로 나온 이나와 댄스부 아이들 서로 하이파이
브 하고 어깨동무하고 같이 기념사진 찍는데.
혜림 슬그머니 뒤로 빠지고

S#37—공연장 무대 뒤 일각 D

무대 세트가 보관된 후미진 일각에서 혼자 음악 듣는 혜림.

이나	같이 사진 찍을래?
혜림	싫은데.
이나	(그러든가 말든가 얼굴 가까이 붙이고 폰으로 셀카 찰칵!)
혜림	뭐야 자꾸 니 맘대로.
이나	니 맘대로 해줘도 넌 나 싫어했잖아. 왜 갑자기 내가 싫어졌어?
혜림	너 원래 이렇게 시끄러웠어? 말 되게 많아졌다?
이나	니 마음에 들려고 노력했는데.
혜림	그게 싫었어.
이나	?
혜림	너만 내 맘에 들고 싶어? 나도 니 맘에 들고 싶었어.
이나	어…?
혜림	근데 넌 니 마음은 하나도 안 까더라? 준우 좋아하면서 거짓말하고, 준우가 고백한 것도 말 안 하고! 내가 다 봤는데!
이나	그건, 니가 준우 좋아하니까…
혜림	준우랑 몰래 사귀는 줄 알았어. 준우도 댄스부에서 빠지게 하고.
이나	(몰랐다) 그런 오해를…
혜림	솔직히 말해주지. 나도 니 마음이 듣고 싶었어… 친구니까.
이나	…! (용기 내 털어놓는) 실은 나, 비밀이 있는데.
혜림	?
이나	나한테 초능력이 있어. 눈을 보면 마음이 들려.
혜림	…! (진지한 얼굴로) 야 너도? 나도 있어. 초능력.
이나	너도?
혜림	눈을 끄는 능력. 사람들이 그렇게 나만 쳐다봐.

풉… 헤헤… 함께 웃는 이나, 혜림.

혜림   (용기 내 사과하는) 미안해. 체육관에서… 무서웠지?

이나   (응 좀 무서웠어… 끄덕끄덕… 근데 이제 괜찮다는 듯 웃어 보
        이고)

S#38—공연장 D

무대에서는 다음 팀이 공연을 준비 중이고

다해   기억났다. (귀주가 입고 있는 점퍼) 이 옷.

귀주   ?

다해   이나가 학교 체육관에 갇혔다고 알려 줬을 때.

Flashback〉 9부 54씬
미래에서 왔던 귀주, 왠지 슬퍼 보였던 미소. 같은 점퍼를 입고 있었다.

다해   그때도 입고 있었어.

귀주   …! (무슨 생각인지 일어나 서둘러 객석 밖으로)

만흠/순구 (귀주 어디 가니?)

다해   (제가 따라가 볼게요. 뒤따라 나가고)

복만흠   아까부터 동희도 안 보이고…

S#39—공연장 복도 끝 대기실 D

꽃다발이 바닥에 뭉개져 있고,
대기실을 나가려는 복동희를 조지한이 온몸으로 매달려 붙잡고 있다.

조지한	동희야! 제발! 한 번만! 딱 한 번만 기회를 줘!
복동희	놔! 그만 좀 하자 제발! (겨우 뿌리치고 빠져나가려는데)
조지한	아직 서프라이즈 안 끝났어!!!
복동희	(돌아보면)
조지한	(배낭에서 투명한 액체가 담긴 페트병을 꺼내 들고) 말했지? 나 무시하면 싹 다 불 싸질러 버린다고!

S#40—공연장 D

와이어를 이용한 화려한 공연이 펼쳐지는 무대. (성인 댄스팀)
드라이아이스가 희뿌옇게 뿜어져 나온다.

Flashback〉
복만흠 꿈에서 보였던 희뿌연 연기.

복만흠	(갸웃…?)

불꽃처럼 일렁이는 무대효과. (영상 혹은 붉은 천이 펄럭이는)

Flashback〉
복만흠 꿈에서 보였던 불길.

복만흠	(설마…?)

공중에 매달려 허우적거리는 듯이 춤을 추는 댄서.

Flashback〉

복만흠 꿈, 공중에서 허우적거리던 사람의 흐릿한 형상.

복만흠   (머리를 세게 맞은 것처럼 퍼뜩!) 과거의 화재가 아니었어요!

엄순구   무슨 소리예요?

찜질방맴   (복만흠을 돌아보고)

복만흠   불이 날 거예요… 바로 지금… 여기서…!!!

객석을 가득 메운 사람들.

무슨 일이 닥칠지 한 치 앞도 모른 채 환호하고!

S#41—공연장 복도 끝 대기실 D

복동희   (코웃음 피식) 병에 든 거 뭔데? 생수?

조지한   (페트병 뚜껑 열어서 내미는) 냄새 맡아보든가! 내가 못 할 것
           같아?

복동희   응. 너 못해.

조지한   뭐?

복동희   나는 그래도 너를 좀 알거든. 그럴 배짱 없어. 쫄보. 어설프
           게 시늉만 내고 말겠지.

조지한   뭐어?? 나 진짜 한다아!!!

복동희   해봐 어디!

욱하는 조지한, 정말로 휘발유를 뿌릴 것처럼 패트병 확! 휘두르는데,

커다란 동작에 비해 휘발유는 찔끔… 소심하게 조금 흘리고 멈춘다.

조지한	(참담) 그래… 난 못 해…!
복동희	그래. 그래서 니가 좋았어.
조지한	(응…?)
복동희	내가 사랑했던 너의 특별함은 그 소심함이었어.
	나쁜 놈이지만 악랄한 놈까진 못 되고 엉성한 나쁜 놈.
	그게 귀여웠어.
조지한	동희야… (눈물 핑 돌고)
복동희	흘린 거 잘 닦고 가라. (가고)
조지한	(스스로가 너무 찌질해 눈물 찔끔)

S#42—공연장 로비 D

로비로 나온 귀주와 다해

귀주	잠깐 다녀올게. 이나가 어디 있는지만 말해주고 금방 올 거야.
다해	꼭 지금 가야 돼?
귀주	(왠지 모르게 다급해 보이고)
다해	왜 자꾸 쫓기는 사람처럼… (불길한 예감에) 혹시…?!
	(귀주 목에 머플러 풀어버리고)
귀주	(막아보려고 하지만)
다해	(옅어진 반점을 확인하고) !!! 어제보다 옅어졌어…?
귀주	…
다해	그래서 서두르는 거구나? 남아있는 시간이 얼마 없는 거지?
	마지막으로 해야 하는 일을 하려고?
귀주	다해야…

다해	(당황해서) 역시 어쩔 수 없는 건가…?

	어쩔 수 없는 운명…?

귀주	(단호히) 아니. 어쩔 수 없는 운명 그딴 거 절대 아니야.

다해	(보면)

귀주	내가 왜, 어떻게 그 시간으로 가게 될지는 나도 몰라.

	분명한 건, 반점 때문도 아니고, 어머니 꿈 때문도 아니라

	는 거. 내가 널 구하러 간다면, 그건 내가 기꺼이 선택한 거

	야. 어쩔 수 없어서가 아니라. 내 선택.

다해	(눈물 핑) 복귀주…!

귀주	그러니까 너도 약속해. 지금까지 우리가 했던 선택을 부정

	하지 마. 멈추지 말고 계속 선택해. 미래를 바꿀 수 없으면

	그다음 미래를 만들면 돼. 나쁜 꿈에 지지 말고. 미래를 밝

	혀줘. (머플러를 쥔 다해 손 꼭 잡고)

다해	(올컥해서 바라보고)

왠지 마지막일 것만 같은 느낌… 입 맞추는 두 사람.

귀주	금방 올게.

사람 없는 기둥 뒤에서 눈을 감는 귀주.
다해 귀주에게 손을 뻗는데, 손이 닿기 직전 귀주 사라져버린다.

엄순구	(허둥지둥 로비로 나와서 두리번) 귀주야! 귀주야!

다해	잠깐 과거에… 왜 그러세요?

엄순구	하필 지금? 불이 날 거야! 집사람이 꿈에서 본 불이, 지금

	당장, 여기서!

다해	……??!!

S#43—공연장 복도 끝 대기실 D

바닥에 흘린 휘발유를 무릎담요로 벅벅 문질러 닦는 조지한.
휘발유 닦은 담요를 무심코 휙 던지는데 하필 전기난로 위로 펄럭 덮
이고! 화르륵 불붙는 담요! 조지한 헉!

S#44—공연장 로비 D

엄순구 소화전으로 달려가 비상벨 발신기 버튼을 힘껏 누른다.
때르르르르르르르릉!!!!
다해 트라우마에 그대로 굳어버린다.

S#45—공연장 D

때르르르르르르릉!!!!
화재경보에 술렁이는 사람들. "뭐야?", "불났어?"
놀란 스텝들도 이리저리 뛰어다니고. "얼른 확인해봐!"

복만흠　　(도와달라는 눈빛으로 찜질방 패밀리 보면)

백일홍　　(버럭) 음악 꺼!!! 화재경보 안 들려???

그레이스　　(일어나서 우렁찬 목소리로) 맨 뒷줄부터 차례차례 일어나십
　　　　　　니다!!!

노형태　　(먼저 나가려고 밀고 새치기하는 사람 뒷덜미 붙잡고) 천천히!
　　　　　　차례차례!

관람객들 대피하기 시작하고, 댄스팀도 공연을 멈추고 피하고

S#46—공연장 복도 끝 대기실 D

당황한 조지한 우왕좌왕, 다른 담요로 불을 꺼보겠다고 어설프게 펄럭거리다가 불만 더 키우고. 순식간에 화아악 솟구치며 번지는 불!

조지한   아니야… 이러려고 그런 게… 이게 아닌데…!!! (겁먹고 후다
닥 달아나는)

S#47—복씨 저택 이나 방 (타임슬립/9부 33씬, 54씬 연결) D

이나가 학교 체육관에 있다는 말을 듣고 귀주(과거) 뛰어나가는데,
왠지 발걸음이 떨어지지 않아 뒤를 돌아봤던 다해.
슬픈 미소로 다해를 바라보는 귀주(타임슬립)

귀주   이나를… 부탁해.

S#48—공연장 로비 D

타임슬립에서 돌아온 귀주 기둥 뒤에서 눈을 뜨는데,
화재경보 요란하게 울리고 있고, 공연장 안에서 로비로 쏟아져 나오는 관객들로 어지럽고. 다해는 보이지 않는다.

귀주   ???!!! 도다해…!

S#49—공연장 대기실과 복도 D

대기실에 있던 사람들 밖으로 대피하는데, 대피하는 행렬을 헤치고 안쪽으로 거슬러 들어가며 이나를 찾는 다해. 트라우마에 덜덜 떨리는데도.

다해   이나야!!! 복이나!!!

S#50—공연장 D

뒤쪽에 있던 관객들은 무사히 빠져나가고
아직 대피하지 못한 사람들이 절반가량 남았는데,
무대 뒤편에서 스멀스멀 연기가 새어 나오기 시작한다.

복동희   (복만흠에게로 뛰어온) 엄마!!
복만흠   동희야!! 괜찮니??
복동희   (무대 뒤에서 새어 나오는 연기) 뭐야…? 설마… 그 바보가…???

무대 천장 바라보며 발을 동동 구르는 스텝2

스텝2   (헤드셋으로) 방화 커튼이 작동을 안 합니다! (천장 올려다보며) 스피커를 잘못 설치한 것 같은데…!

천장에 설치된 방화 커튼이 잘못 설치된 스피커에 걸린 모습 보이고, 연기가 객석 쪽 사람들을 향해 퍼지기 시작한다.

동희, 겁에 질린 사람들을 돌아본다. 콜록콜록 기침하기 시작하는 사람들. 이대로는 피해가 커질 것이다.

복동희　　(눈 질끈 감았다 뜨더니) 이건 내 선택이야!

동희 온몸에 힘을 주고, 연기가 자욱한 무대로 날아오른다!
천장까지 날아간 동희, 스피커에 걸린 방화 커튼을 풀어내고,
접혀있던 금속 재질 방화 커튼이 내려와 객석으로 퍼지는 연기를 막는다. 우와! 살았다! 환호하며 안도하는 사람들.

관객1　　방금 봤어? 사람이 날았어!
관객2　　나도 봤어!
그레이스　　(일부러 크게) 아 저거 와이어네! 와이어다! 와이어! 아까 그
　　　　　　댄스팀이네!
관객3　　동영상 찍었는데…

핸드폰으로 찍은 동영상, 무대에 자욱하게 낀 안개 때문에 흐릿하게 동희 실루엣 정도만 찍혔다. 와이어인지 아닌지 식별이 어렵고.
"아, 와이어였어?", "초능력인 줄!", "와이어래 와이어!"

복동희　　(다행이다! 고맙다는 얼굴로 그레이스 보면)
그레이스　　(이 정도 사기쯤이야!)
복만흠　　(안도하며, 휘청)
백일홍　　(붙잡는) 우리도 얼른 나갑시다!

S#51—공연장 복도 D

희미하게 연기가 차오르기 시작하는 복도.
손을 꼭 붙잡고 함께 긴 복도를 달려오는 이나와 혜림.
복도 끝에 다다르자 방화벽이 눈앞을 가로막는다.

혜림   이게 뭐야?

이나   방화벽.

혜림   누가 그걸 몰라?? 이제 어떡해?? 우리 갇힌 거야?? 여기서
         죽는 거야??

이나   (당황한 혜림을 진정시키며 침착하게) 여기서 잠깐 기다려.

혜림   안 돼! 가지 마! 나만 두고 간다고?

이나   여기서 나가야 될 거 아냐! 다른 길 없는지 찾아보고 올게!

이나, 왔던 길을 거슬러 도로 안쪽으로 뛰어가고,
혜림, 구석에 웅크리고 훌쩍훌쩍 우는데,
방화벽의 비상구가 열리고 귀주가 뛰어 들어온다.
빠져나갈 틈이 없어 보였던 방화벽에 사실은 비상구가 있었던 것.

혜림   문이 있었어…?!

귀주   괜찮니? 너 이나 친구지? 이나는?

혜림   이나는… (꾹) 여기가 끝인 줄 알고… (꾹꾹) 다른 길 찾으러…

귀주   나가자! 일어나! (주저앉은 혜림을 일으켜 방화벽 너머로 내보
         내고) 여기서부터는 혼자 나갈 수 있지?

혜림   (끄덕끄덕)

귀주   (연기 자욱한 복도 안쪽으로 뛰어 들어가고)

S#52—공연장 무대 뒤 일각 D

대기실에서 시작된 불이 무대 뒤까지 번져오고, 연기로 자욱한 무대 뒤.
빠져나갈 길을 찾다가 그만 길을 잃어버린 이나.
콜록콜록 기침하며 주저앉는다.

이나   아빠… (연기를 마신 탓에 의식 흐려지는데)

연기를 뚫고 달려와 이나를 덥석 붙잡는 손.

다해   이나야!!
이나   아줌마…?
다해   (입에 대고 있던 물에 적신 귀주 머플러를 이나 입에 대주는) **괜찮아?**

다해, 이나를 부축해 빠져나가려는데, 끼이이- 기분 나쁜 소리.
학교 모양의 커다란 무대 세트가 두 사람을 덮치듯 바닥으로 쓰러지는데!

다해   (이나를 와락 감싸고 눈 질끈) **안 돼!!!**

잠시 후, 다해 질끈 감았던 눈을 떠보면,
묵직한 세트를 귀주가 온몸으로 떠받치고 있다!

다해   복귀주!!!
이나   아빠…!!!

의식을 잃고 마는 이나.

귀주가 세트를 떠받친 손을 놓으면 탈출구가 막혀버리는 상황.

귀주   이나 데리고 나가!

다해   같이 가!

귀주   빨리 가!

다해   싫어!!! 너 두고 안 가!!!

그때, 또 불쾌한 소리 끼이이---!!!

불붙은 다른 세트들이 도미노처럼 쓰러져 귀주를 덮칠 위기!

귀주 위를 올려다보면, 학교 모양 세트에 그려진 둥근 아날로그 시계.

복만흠E   시계. 학교 건물에 걸려있었다.

귀주E   (속으로) 이렇게 되는 거였구나. 어차피 나는 여기서 죽는 거
였다. 더는 시간이 없다. (귀주를 짓누르는 세트 무게에 비틀)

다해   어떡해…!

귀주   걱정 마. 나 여기서 안 죽어.

다해   (보면)

귀주   널 구하러 갈 거야.

다해   뭐…?

귀주   지금이야. 지금이 그때야.

다해   안 돼!!! 가지 마!!!

귀주   (운명을 향해 기꺼이 발을 내딛는, 차분하게 바라보며) 아직도
모르겠어? 우리가 같이 있었던 시간. 그 모든 시간이 일어
나려면, 내가 널 구해야 해. 거기서부터 시작이야.

다해   복귀주!

귀주   사랑해.

다해　　　사랑해… 사랑해…!!!

트라우마를 딛고 일어나는 다해. 의식 없는 이나를 들쳐업고 탈출한다.
끼이이이!!! 불붙은 세트들이 쓰러지기 시작하고,
다해 뒤를 돌아보는 순간, 귀주를 집어삼키듯 와르르 쏟아지는!

다해　　　복귀주!!!!!!!!!!!!!!

S#53—산부인과 병실 (타임슬립) D

순간 모든 소음이 싹 사라지고,
고요하고 평화로운 병실에서 눈을 뜨는 귀주.
갓 태어난 이나를 품에 안고 행복해하는 흑백의 귀주와 세연이 보인다.
그대로 서서 잠시 숨을 고르는 귀주.
이 시간에 오는 것도 마지막이 될 것이다.
세연에게도 마지막 인사를 건넨다.

귀주　　　고마워. 우리 이나 낳아줘서… 이 시간 선물해 줘서…
　　　　　　정말 고마워.

과거의 세연에게 귀주의 목소리가 들리지는 않지만,
마치 알아듣기라도 한 것처럼 스르르 번지는 미소.
갓난아기 이나에게 가까이 손을 뻗어보는 귀주.
만질 수는 없지만 쓰다듬듯이 허공을 어루만지며 마지막 인사.
생애 최고 행복했던 순간을 뒤로 하고 노란색 문을 연다.
문이 열리면서 서서히 드러나는 문밖 세상,

흑백이었던 병실과 달리 바깥은 온통 알록달록 총천연색으로 빛나는데!

귀주　　…!

S#54—거리 (타임슬립) D

총천연색 거리를 전속력으로 질주하는 귀주.
이번만큼은 할 수 있다는, 해내야만 한다는 결의에 찬 질주.

S#55—선재여고 화재 현장 (타임슬립) D

숨이 턱에 차 다다른 화재 현장.
회색빛이었던 불길도 시뻘겋게 위협적으로 타오르고 있다.

귀주　　형!!!!!!

귀주 외침에 불타는 학교로 뛰어가던 정반장이 걸음을 멈춘다.
짧게 휙 돌아보는 것 같던 정반장이,
이번엔 슬로우로 천천히 돌아본다.
의미 없이 허공을 맴돌던 정반장의 시선이, 정확히 귀주를 향한다.
처음이자 마지막으로 눈이 마주치는 두 남자!
귀주 눈빛으로 '미안해요!'
정반장 눈빛으로 '괜찮아!'
진한 눈맞춤으로 나누는 마지막 인사.

그리곤 돌아서 학교로 뛰어 들어가는 정반장.
무너지는 현관.

귀주Na   현관이 무너지고 과학실 폭발까지 걸린 시간은 2분 남짓.

소방차에서 여분의 공기통을 재빨리 집어 드는 귀주.

귀주Na   시간을 단축해야 한다.

공기통을 세게 휘둘러 와장창! 유리창을 박살 내고,
깨진 창문을 통해 안으로 휙.

S#56—선재여고 안 계단 (타임슬립) D

연기가 자욱한 계단을 거침없이 뛰어오르는 귀주.
어깨에 공기통 메고 마스크를 쓰고, 점퍼를 벗어서 뒤집어썼다.

S#57—선재여고 과학실 창고 및 복도 (타임슬립) D

마침내 창고 앞에 다다른 귀주.
불붙은 점퍼를 벗어 던지고,
걸쇠를 풀고 닫힌 문을 열면,
쓰러져 있는 고등학생 다해가 보인다.

귀주   도다해!!!

다해를 일으키고 공기통에 연결된 보조 마스크를 대준다.
가늘게 눈을 뜨고 귀주를 바라보는 다해.

다해   …?!

다해를 부축해서 복도로 나오는 귀주.
복도 창문을 열고 내다보면, 바닥에 펼쳐진 에어매트.

귀주   (마스크 벗고, 다해도 벗겨주고) 뛰어내려야 해.
다해   (의식이 흐린 상태) 나 혼자…?
귀주   너 혼자 아니야!

Flashback〉 11부 54씬
어린 다해 두발자전거를 붙잡고 함께 달렸던 귀주.

귀주E   우린 같이 있어.

8부 15씬, 장례식장에서 고등학생 다해를 위로해 주었던 귀주.

귀주E   니가 혼자라고 생각했던 시간에도.

현재〉

귀주   나뿐만이 아냐. 다들 곧 만나게 될 거야. 기대해. 이런저런
          쉽지 않은 일도 겪겠지만 뒤돌아보면 우리가 같이 있었던
          모든 시간이 행복일 거야.
다해   …??

귀주, 새끼손가락에 끼고 있던 반지를 빼서, 다해 엄지손가락에 끼워준다.

귀주   그때까지 잃어버리지 마. 꼭 가지고 있어 줘!

다해   (뭐가 뭔지 하나도 못 알아듣겠지만, 얼떨떨한 얼굴로 끄덕)

마지막으로 다해를 지그시 바라보는 귀주.

귀주   잊지 마. 끝이 아니야.

창틀 위로 다해를 안아 올리고 힘껏 밀어낸다.
에어매트를 향해 천천히 떨어지는 다해.

귀주E   시작이야.

과학실 폭발 펑!!!!!!!!!

S#58—공연장 복도 (현재) D

이나를 등에 업고 연기 자욱한 긴 복도를 달려오는 다해.
눈앞을 벽처럼 가로막은 방화벽 위로

귀주E   끝인 것처럼 보여도 절대로 끝이 아니야.

방화벽의 비상구를 힘차게 밀고 통과하는 다해.
방화벽 너머 밝은 빛이 하얗게 쏟아져 들어오고

귀주E   항상 그다음이 있어.

S#59—공연장 무대 뒤 D

불이 꺼진 무대 뒤.

다해Na   그날 다친 사람은 아무도 없었다.

귀주를 덮쳤던 학교 모양 세트가 시커멓게 그을린 채 보이고.

다해Na   실종자 한 명을 제외하고.

S#60—구치소 D

포승줄에 묶인 채 호송버스에서 내리는 조지한

S#61—납골당 D

유골함 없이 치르는 장례. 사진만 안치되는.
복만흠, 엄순구, 복동희, 슬픔에 잠긴 얼굴 차례로 보인다.
다해와 이나는 참석하지 않았다. 귀주의 죽음을 받아들이지 않는.

다해Na   아직 끝이 아니다.

S#62—복씨 저택 귀주 방 D

귀주 물건들 하나도 치우지 않고 그대로 있다.
귀주, 다해, 이나, 인생네컷 가족사진이 책상에 놓였는데,
알록달록한 고무공이 날아와 사진 액자를 퉁! 때린다.

다해Na　　혼자도 아니다.

데구루루 굴러가는 고무공. 방안에 어린아이의 장난감들이 가득하다.
고무공을 집어 드는 다해 손, 엄지손가락에 반지 보이고.

다해　　복누리! 또 방안에서 공놀이하는구나!
　　　　방에서 공놀이하면 엄마한테 뽀뽀 백번이라고 했지?
　　　　우리 누리 잡아라!

다해 장난스럽게 달려들면, 까르르 웃으며 달아나는 누리.
자막 '5년 후'

다해Na　　우리는 여전히 그다음을 기다린다.

S#63—복스집 N

창밖으로 하늘에 뭔가가 휙- 지나가더니,
잠시 후 동희가 머리가 산발이 된 채 들어온다.

그레이스　　어딜 또 한바탕 팔랑거리다 오셨어?

뒤따라 노형태도 머리가 산발이 된 채 들어온다. (5년 동안 기른 머리)

그레이스 뭐야 또 둘이서만? 나도 태워줘!

복동희 놀이기군 줄 알아?

노형태 (겸연쩍은 미소, 가고)

그레이스 누리는 능력이 뭐래?

복동희 아직.

그레이스 복제 능력 같은 거면 좋겠다. 5만 원 한 장을 5억으로 불리
는 능력.

복동희 참 한결같이 날로 먹으려고.

그레이스 개과천선하기 개 같아서 그래. 오디션 또 떨어졌어!

복동희 (열심히 해! 어깨 툭툭!)

S#64—찜질방 수면실 D

늘어지게 단잠을 잔 후, 개운하게 기지개 켜고 일어나는 복만흠.

복만흠 아이고 잘잤네!

백일홍 좋은 꿈 꾼 거 있으면 공유 좀 해주시지?
덕분에 지난번엔 보일러 퍼질 걸 미리 알았는데.

복만흠 오늘 반가운 손님이 올 모양인데.

S#65—고등학교 복도 D

수업이 끝나고 교실에서 쏟아져나오는 학생들.

한 여학생 교복에 달린 '복이나' 명찰. (얼굴 보이지 않고)

엄순구E　　이나가 기숙사에서 돌아오는 날이죠?

S#66—복씨 저택 주방, 다이닝룸 D

코다리조림이 바글바글 끓는다.

엄순구　　코다리조림 준비했어요.
복만흠　　(미역국 담긴 냄비 들고) 찜질방에서 미역국도 싸줬어요.
다해　　주세요. 데울게요.

냄비를 가스레인지에 올리고 아무렇지도 않게 불을 켜는 다해.
집게 같은 도구 없이 맨손이다. 트라우마는 깨끗하게 사라졌다.

복만흠　　(가족들 수저가 세팅된 식탁보더니) 수저 한 벌 더 내놔야겠다.
다해　　이나 말고 또 누가 와요?
복만흠　　글쎄다. 꿈에 수저 한 벌이 더 놓였더라고.
다해　　…?

S#67—복씨 저택 귀주 방 D

누리가 알록달록한 고무공을 가지고 놀고 있다.

다해　　어? 공 찾았어?

누리 응. 찾았어.

다해 어제 그 공 잃어버려서 누리 많이 울었잖아.

　　　엄마가 한참을 아무리 찾아도 못 찾았는데! 어디서 찾았어?

누리 어제에서.

다해 어제? 무슨 말이야?

누리 어제에서 가져왔어.

다해 과거에 있는 걸… 가져올 수 있어…?

누리 과거가 뭐야?

다해 (웃는) 어제 같은 거.

누리 아아, 엄마도 가져오고 싶은 거 있어?

다해 오래전에 잃어버린 것도 찾을 수 있어? 어제보다 훨씬 더
　　　어제.

누리 얼마나 어제? 어제의 어제의 어제?

다해 그것보다 더더더 어제. 5년 전에 잃어버렸어.

　　　아니 18년 전인가?

누리 어떻게 생겼어?

책상에서 사진액자 가져오는 다해. 사진 속 귀주를 가리킨다.

누리 아빠?

다해 응. 아빠. 누리가 데려올 수 있어?

누리 (사진 속 귀주를 빤히 쳐다본다)

다해 (혹시나 하는 기대감)

누리 (금세 고무공에 정신이 팔려서 공놀이하며 딴청)

다해 (아… 안 되는 건가? 초능력이 아니었나?)

다해 실망하며 돌아서는데,

돌아선 다해 얼굴이 순간 멍해진다.

떨리는 눈동자에 눈물이 그렁해진다.

방 저편, 시커멓게 그을음을 뒤집어쓴 누군가 서 있다.

말문이 막힌 채 먹먹히 바라보는 다해.

그런 다해를 바라보며 희미하게 웃는 그는, 귀주다.

시간을 헤치고 맞닿은 모습에서.

— 끝 —